猫神社のみかがみ様

あなたの失せもの、座敷牢から探します

かいとーこ

メゾン文庫

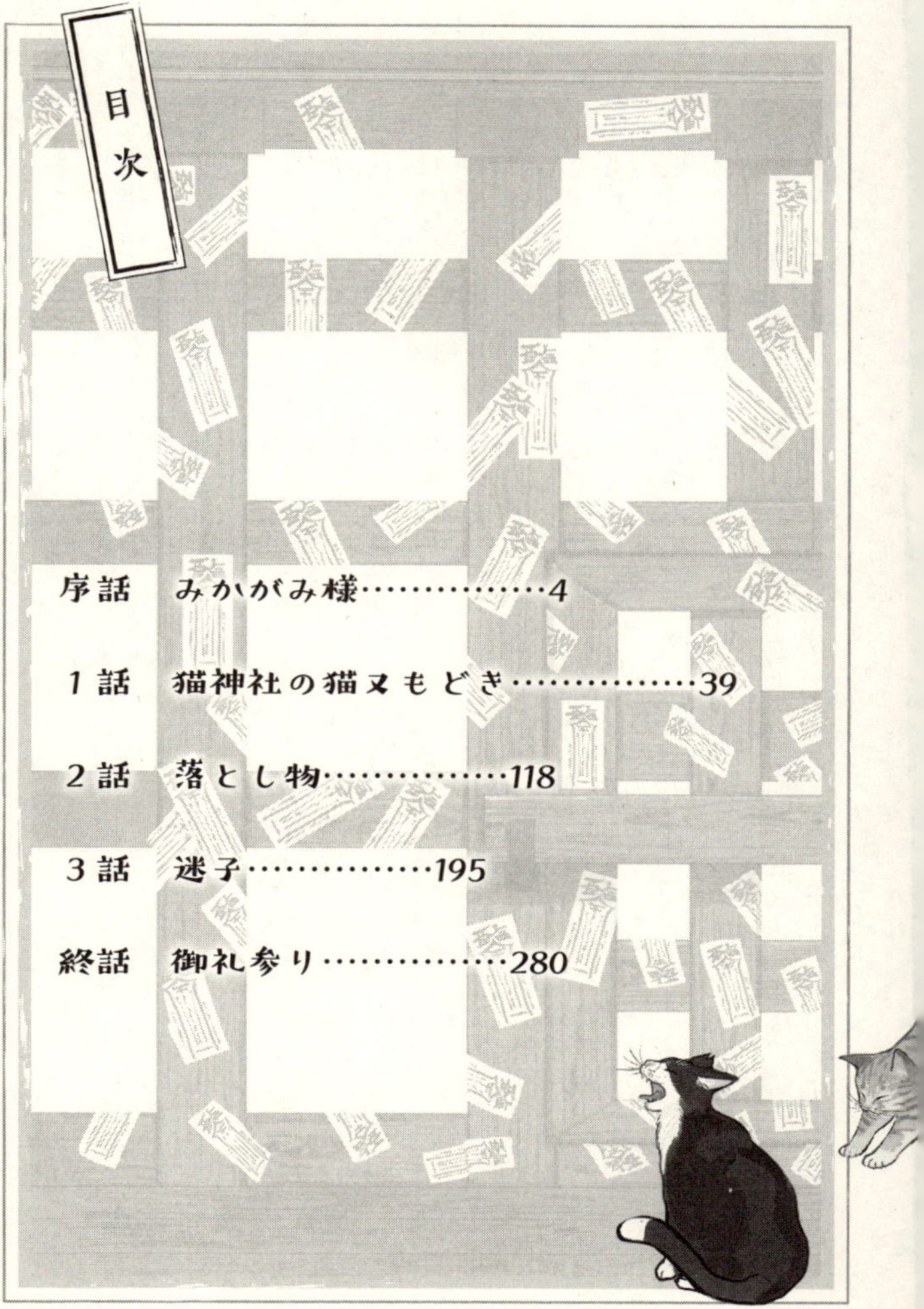

目次

序話　みかがみ様……………4

1話　猫神社の猫又もどき……………39

2話　落とし物……………118

3話　迷子……………195

終話　御礼参り……………280

序話　みかがみ様

春の訪れを感じる少し強い風が吹き、何もない庭に一本だけ生えた若い草が揺れているのに気がついた。

この縁側の周囲に、このように植物があるのは珍しい。植物が生えているのはここからは見えにくい場所、見えるのは麓《ふもと》の街中を彩る街路樹ぐらいだ。

「おやまあ。こんな場所にさえ侵食しようというのだから、本当に雑草は逞《たくま》しい」

格子の向こうに見える、けなげな姿をさらす若草を見て清文《きよふみ》は微笑《ほほえ》んだ。

「いつもならすぐにでも枯らしてしまう所だけど、今は気分がいいからそのままにしてあげようか」

それが意味のない延命だとしても、そういう気分だった。

しばらくそれを眺め、清文はふと時計を見た。今はもう滅多に見ることのないゼンマイ式の古びた振り子時計だ。一月に一度、巻いてやらなければいけないが、清文が触れたとしても壊れることなく動き続けてくれている、生まれた時から古い時計だ。

それがタイミング良く、ボーンボーン——と何度も音が鳴った。それが十一回鳴り終える。

「時間か」

庭の向こうに見える景色を眺めていた清文は、文机《ふづくえ》の陰に置いていた棒でガラス戸と障子を閉めると、ぼんやりと明るい部屋に向き直る。江戸時代に建てられたという古い家だ。お屋敷というほど大きくはないが、一人で住むには広すぎる平屋の離れだ。部屋の中央——外から来る人と会うための自分の定位置に正座して、脇息《きょうそく》にもたれ掛かった。

ここから見えるのは先祖代々受け継がれる物ばかりだ。古い柱も、古い格子も、清文自身が着ている物も、来客時に使う行灯《あんどん》も、この紫檀《したん》の脇息だって古い。新しいのは履き物ぐらいだ。

歴史の重みが理解できない若者には馬鹿にされることもある——いや、実際に馬鹿にされた古い物ばかりの、牢獄《ろうごく》だ。

「彼女はどうだろうか」

父に渡された履歴書に目を落とす。

最終学歴までしか書かれていない、学生証のコピーが添えられたものだ。モノクロなので学生証の写真はぼやけてしまっているものの、ボーイッシュだが可愛《かわい》らしい顔立ちの女の子だった。

遠縁の子で、去年両親を亡くした可哀想な姉妹《きょうだい》の上の子だ。大学には進学せず就職を決めたのに、いざ卒業して就職というその時に、就職先予定の会社が倒産してしまった不幸な子だ。

父が持ち帰ってきた彼女の手作りだというおはぎを思い出す。

若い女の子が作るのは普通ならクッキーなどの可愛らしい物だが、見栄えよりも食べたい物を作るのが好きらしい。

「アケミちゃんか。なかなか見所がありそうだけど」

お洒落《しゃれ》なお菓子や料理ばかり作り、最新の家電なしに家事ができないような女の子は必要ない。そういう子達は、この風情ある家を古い汚いと文句を言う。歴史的な価値を理解しなくとも、わび・さびを肌で感じ取れる、馬鹿にしない娘がいい。

「ふふ。楽しみだな。不気味だと言って逃げ出すか、平気だと言って居着くか、彼女はどちらだろう」

不気味だという自覚はある。ここはすがりついてくる人々はありがたがる神聖な場所――祭壇だ。だがすがりついてくるのではなく職場だとすると、祭壇をどう思うことか。

ふいに廊下から「にゃあ」という声が聞こえて、顔を上げた。

「おや、ポチ。君も新しい子が気になるのかい？　可愛がってもらえるといいね」

部屋に入り込んできたくろぶちの野良猫《のらねこ》に声をかける。猫だがポチだ。くろぶちの猫をまとめてすべてポチと呼んでいる。

「そういえば、今日はおカメちゃんを見ていないな。まあ、彼女は飼い猫だけど」

近所のボランティアの手によって去勢されている野良猫のポチを撫《な》でながら、清文は小さくあくびをした。

「君もお客様を可愛らしくもてなすんだよ。女の子は可愛い生き物が好きだから」

「にゃあ」

分かっているとは思えない鳴き声で返事をする。しかし人に慣れた猫達は、そのような指示をしなくても客人を可愛らしくもてなしてくれるはずだ。

◆◇◆◇◆

先週の冷え込みが嘘《うそ》のように陽気が心地よい。風はまだ冷たいが、日差しのおかげでカーディガンだけで十分だった。

都会とは言えないが、活気ある田舎《いなか》の駅前商店街を歩いていると、つい気が抜けそうになり、腕時計を確認した。最低限の生活防水がされているだけの安物のデジタル時計は、約束の時間の十五分前を表示していた。

「バス停から十分って言ってたし、これなら十分間に合うかな」

朱巳《あけみ》は余裕を感じ、建ち並ぶ店に意識を移した。帰りに買い物をするため、事前にどんな店があるのか覚えておこうと考えたのだ。

新鮮さをうたって客を呼び込む魚屋の前を通りかかった時、急に追い風が向かい風に変わり、どこからともなく胃袋を刺激する香りが流れてきた。

それはとても香ばしく人間を堕落させる香りだった。

朱巳は視線を左右に揺らして、その発生源を探す。すると、すぐに見つけられた。肉屋の店先だった。

「お肉屋さんの揚げ物かあ。ああ、なんかお腹《なか》がすいてきた」

今夜は魚にしようと思っていたのに、この匂いを嗅いだ瞬間に、そんな気持ちは吹き飛んで、今は揚げ物のことしか考えられなくなった。

肉屋の店先には、食べ歩きできるようにコロッケが積まれていた。

肉屋の揚げ物はラードだ。ごま油やオリーブオイルの上品さもいいが、ラードというのはそれらにはないパンチがある。素人《しろうと》がやれば癖のある微妙な仕上がりになることもあるらしいが、ここは専門店で、この香りからしてその心配はない。これは嗅いだことがなければ分からないことなのだが、とにかく胃袋を刺激する香りだ。

買って持ち帰るのもいいが、それでは冷めてしまって感動が薄れてしまう。家で飢えて待っているだろう妹には悪いが、店頭で買って、そのままかじりつくのが正解だ。そういう香りだった。

財布の中身は寂しいが、このまま通り過ぎることは難しい。食べ歩きすれば時間も十分にある。それなのにこの誘惑を振り切って、このまま通り過ぎるなんて到底無理だ。そんなことができるのは、本当に財布の中が空っぽか、本気でダイエットしている人だけだろう。

「お姉さん、コロッケ一つください」

朱巳は店内でコロッケを揚げていた、三十代半ばほどの女性に声をかけた。

「はいよ。そのまま食べてく?」

「おねがいします」

財布から小銭を取り出し、大切な百円硬化と引き替えにコロッケが耐油袋に入れられて手渡される。揚げたてあつあつ、ラードでてらてらと輝く、どっしりと重量感のあるコロッケだ。

かぶりつくと、肉汁がじゅわっと口に広がる。肉は多め。ジャガイモもゴロゴロと食感が残っている。ただでさえラードで揚げると美味《うま》いのに、タネまで美味《おい》しい。若者の胃袋を掌握する力を持つ、完璧な買い食いフードだ。こんなのが通学路にあったりしたら、見る見る間に太っていただろう。

「美味しい。肉多めですね」

「うちは肉屋だからね。学生さんにも人気だよ。あんた学生さん？　どこに行くの？」

「学生じゃないですよ。そこの神社まで行くんです」

泉水《いずみ》神社というここらでは有名な神社だ。その神社前商店街は、平日の午前中なのにそれなりの人数の買い物客が行き交っている。シャッター通り化する商店街が多い中、店員が暇をしているわけでもないのは、神社のおかげだけではなく、商店街の人々の努力である。

「何か探し物？」

「え、探し物？」

「知らないの？　みかがみ様は失《う》せ物――探し物がどこにあるか教えてくれる神様なのよ」

みかがみ様というのは聞いたことがあった。泉水神社の愛称だ。

「へぇ。知らなかった」

「じゃあ、見かけによらず猫好き？」

笑う店員の言葉を聞いて、不思議に思いながら首を横に振った。

「猫？　いえ、宮司《ぐうじ》さんが親戚で、アルバイトしないかって呼ばれたんですよ」

彼女は首を傾《かし》げ、あっ、と声を上げた。

「ああ、聞いてる聞いてる。でも大人《おとな》しそうな子って言ってたような？」

彼女は朱巳の姿を見て、首を傾げた。

子供の頃はよく言われたが、最近は言われない言葉だ。

「ああ、履歴書に学生手帳のコピー貼り付けたからかも。あれは黒髪だったから」

朱巳は金髪に染めてしまった髪を指でいじった。以前は髪型も大人しかったし、黒髪と金髪では印象の差も大きいに違いない。

「なるほど、卒業したてか。染めたい時期だよねぇ」

似合うからという理由で妹に染められたのだが、曖昧《あいまい》に笑っておいた。自分は妹にしてもらわなければ、だらしのない髪型しかできないと宣言するのは気恥ずかしい。

朱巳が本来なら就職する予定だった職場は、派手な髪でも問題なかった。むしろ派手な髪の人が多かった。だがバイトとはいえ神社となると別だ。

宮司から何も言われなかったからそのまま来たが、近所の住民から見れば不謹慎かもしれないと、ふいに気づいた。

地元の大切な神様の所に出入りするのはけしからんと思われても仕方ない。

「ま、あそこの宮司さんは変わった人だから気にしないで。すごくいい人よ」

「ええ……そうですね」

彼が変わり者なのは知っていたが、近所の住民に言われると少し戸惑った。ぱっと見は落ち着いた雰囲気の人のいい親戚のおじさんなのだが、浮世離れした感じがしたのだ。近所の人からも変わっていると思われているなら、その印象は間違っていなかったらしい。

「あそこで働くなら、あなた家事できるの？」

「まあ、一応は。バイト内容までご存じなんですか？」

神社のバイトで求められたのは世間で言う〝お手伝いさん〟の仕事なのだ。

「前に家政婦をしていた人がやめてしまってから、みかがみ様にはよく差し入れをしているんだよね。あそこは男二人で生活力がないから。君、和食とか作れる？」

「洋食よりは和食の方が得意ですよ。おばあちゃんに料理を習ったんで」

この店は美味しい物がたくさん売ってそうだが、コレステロールなどは上がるだろう。男二人ではこういった手軽に美味しいものに偏り、心配する気持ちは当然だ。

「そりゃよかった。あの二人、揚げ物どころか差し入れた煮物を温め直すのも不安なんだよね。あんなイケメン親子が太ったりしたら大変だから、よろしくね」

朱巳は予想以上の生活力のなさに、顔が引きつりそうになった。

「あ、みかがみ様に行くならちょっと待って。父さん、みかがみ様の所に持ってくおかずどこ？　揚げなくていいから」

「ああ、それならここだ」

奥で仕事をしていた初老の男性が出てきて、白いビニール袋に冷凍食品を詰める。

「ほれ。これを宮司さんに渡して……もしょうがないから、冷凍庫に入れておけ」

「あ、はい。分かりました」

戸惑いながらもビニール袋を受け取り、頭を下げた。

量も少なく千円しないぐらいだとしても、すぐに信じてお使いを頼まれるとは思わなかった。

「じゃあ、届けておくんで、コロッケありがとうございました」

「また寄ってね」

会釈して店に背を向けて歩き出す。

店主の人柄もいいし、ここのコロッケを帰りに妹へ買っていくことにした。バイトが正式に決まったらの話だが。

商店街を抜けたその一番奥。山の麓に当たる場所に古びた赤い鳥居が見えた。神社へ続く石段は、数えなければ分からないが百段もないだろう。

「神社があるのが山頂とかじゃなくてよかったな」

ここにこういう神社があるのは以前から知っていたが、お参りに来たことはなかった。両親が亡くなってから、今住んでいる親戚が経営しているアパートに越してきたのはまだ半年前なのだ。母が有名な神社の宮司と親戚なのも、仕事を探してくれた叔《お》父《じ》に教えてもらって初めて知った。

朱巳は軽快に石段を上っていくと、階段を上る老女に追いついた。荷物を背負い、ウォーキング用のスニーカーをはいていて、いかにも毎日上っていますといった出《い》で立ちだ。「こんにちは」とだけ声をかけて追い越すと、彼女も「こんにちは」と返して微笑んだ。そのまま会話もなく石段を上ると、写真で見たことのある場所に出た。

神社の境内としては特徴のない神社だ。しかし境内には平日の昼過ぎなのに何人も人がいた。彼らの目的はすぐに分かった。見える範囲だけでも猫が十匹以上いて、彼らはその猫を撫でたり写真を撮ったりしている。肉屋が猫好きかと問いかけたのも、そう聞くのが習慣になっていたのだろう。

猫達は新顔の朱巳を見ると、ぞろぞろと集まってきた。食べ物を求めているのだ。

「いや、集まってきても何も持ってないよ」

朱巳はそう言って、彼らを踏まないように移動する。すると猫達は興味をなくしたように去って行った。なぜか数匹は諦《あきら》めずについてきたが、彼らが何を求めているのか分からなかった。

朱巳は周囲を見回して、お守りの売り場を見つけた。普通の布のお守りと、それとは別に可愛らしい猫のお守りの見本が並んでいる。お守りの売上は猫達のために使うと書かれていた。去年はどのように使われたか、猫を勝手に連れて行かないよう、また逆に猫を捨てていかないようになど、色々と書かれている。法的手段を執ることもあると書いてあることから、苦労がうかがえた。

売り場に人はおらず、社務所にいますと書かれたコピー用紙が置いてあった。

「うーん……これであんな金額のバイト代、本当に出るのかなぁ」

それほど儲《もう》けているようには見えず、少し不安になって呟《つぶや》いた。

こういう所のバイト代はそれほどよくないものだと聞いたことがある。しかし提示されたバイト代は試用期間を過ぎれば正社員並みだ。職探しをしながら腰かけでバイトするよりはいいと言われて来てみたのだが、何かあるのではと疑ってしまう。

「敷地全部毎日隅から隅まで掃除しろ、なんて無茶振りはないよね？」

意味もないし、近所の人達も前にいた人は長く勤めていたがやめてしまい、おとこやもめで生活力がないというものだったから、そういったことはないはずだ。

前の人も当たり前にこの金額をもらっていたのだとしたら、能力が足りなければ下げられるという可能性はある。家事はできるが、熟練の主婦に負けないとまでは胸を張って言えない。

「まぁ、話を聞けば早いか」

それで無茶振りされるなら辞退すればいい。生活のために働かなければならないが、両親の保険金があるから、働かなければ生活が立ち行かないわけではない。

生活のゆとりと安心、そして妹の将来のために働くのだ。両親が学資保険も用意してくれていたので、大学に進学しても奨学金という名のローンを組む必要もないが、それにあぐらをかいているわけにはいかない。

朱巳は社務所らしき建物に足を向けた。その社務所の前で宮司が誰かと話しているのを見つけた。業者の人らしく、話が終わるまで待とうかと悩んでいると、ふいに宮司と目が合う。

「おや、朱巳くん。時間通りだね」

「こ、こんにちは、文仁《ふみひと》おじさん」

以前会った時は私服だったので、ちゃんとした仕事着で声をかけられると緊張した。

肉屋でイケメンと言われていたが、確かにその通りの顔立ちだ。歳《とし》は五十は超えているだろう。細身で腹も出ておらず、眼鏡が知的な雰囲気にとても似合っている。女性が好きそうな、低くよく通る声をしている。宮司姿は私服姿よりも渋みがあるように思えた。彼の足下には猫がくつろいでいて、それだけで人も良さそうに見える。

彼は妻に先立たれているらしいので、女性達がほっとかないに違いない。

「ごめんね、おじさんちょっと今手が離せないから先に行っててくれるかな。あっちに鳥居が並んでるだろ」

文仁が指さした先――わざわざ社務所の辺りまで来ないと見えない隠れた場所に、鳥居が立ち並ぶ道があった。だからこそ何か曰《いわ》くありげで、鳥居の向こうの暗がりが妙に不気味に見えた。

「道沿いを進んだ先に平屋の古い離れがあるんだ。離れには清文っていう息子が住んでるから、何をすればいいかあの子に聞いてくれないかな」

ただの住居があると聞いて、一瞬気後《きおく》れした自分がばからしくなって笑顔で頷《うなず》いた。

「分かりました。あ、これ、そこの肉屋さんで渡されたんですけど」

袋を見せると、にゃあにゃあと猫達が足を引っ搔《か》く。

「こらこら、おまえ達たかるんじゃない。彼らのことは気にしないで。あ、そろそろ昼だから、よければ息子に出してやって。手が空いたら私も行くから」

「はい、分かりました。じゃあ先に行ってます」

ぺこりと頭を下げて鳥居に向かう。飼い主が叱《しか》ったからなのか、今度はどの猫もついてこなかった。

「なんで離れがある方に、こんなに鳥居があるんだろう」

赤い鳥居が連なるのは神秘的だが、それ以上に畏怖《いふ》を感じる。こんなのを見つけたら、何も知らない参拝客が勝手に家に行ってしまいかねない。特に子供は好奇心旺盛で、冒険心を刺激されてしまう。

鳥居をくぐり砂利道《じゃりみち》を歩くうち、古い平屋の一軒家を見つけた。築数百年はするだろう瓦《かわら》屋根の建物だ。その隣には小さな社《やしろ》と賽銭箱《さいせんばこ》があり、お供《そな》えらしき野菜が積み上げられている。もしも誰かが迷い込んできても、これを見て満足し、お参りして帰ってくれるのかもしれない。

「この歴史的価値がありそうな家に住んでるのか。中身は近代的にリフォームとかしてるのかな？」

古民家らしさを残しつつ、住みやすくリフォームしてくれる業者もある。

「それなら楽でいいんだけ……」

ふいに、空気が変わった気がして足を止めた。

いつもなら気のせいと気にもしない程度の差だった。しかし体中に絡《から》みつくような違和感は、気のせいですましてくれず進む足が止まった。

神社特有の森林の中にいるような瑞々《みずみず》しい空気が、急に梅雨《つゆ》の空気のようにどっしり重くなっていた。

不思議に思い周囲を見回す。鳥居の終わりには家屋へ続く敷石があり、家屋の手前には先ほどの社。視線を下に向けた時、空気以外に違うものを見つけた。

「草が枯れてる……」

振り返ると春らしい淡い緑が見える。しかし家屋の方を見ると、そこから季節が違うように植物に元気がない。除草剤をまいて草が枯れているのとは違う。常緑樹の植物も元気がなく色あせて見えた。

「間違えて除草剤がかかったんじゃないなら、植物が枯れやすい場所とかかな？」

この独特の空気も場所によるもので、そういうのが原因で植物に元気がない。この違和感もそれが原因である。そう思うことでそれ以上は考えないことにして、平屋に続く道を進んだ。

しかし考えないようにしても、まとわりつく粘ついた空気に対する違和感はぬぐえない。けっして怖気《おぞけ》の走るようなものではない。頭の芯がしびれるような、しかし懐《なつ》かしさすら覚えるものだった。

「何だろ。小さな頃に来たことがあるのかな」

親戚の家だから、両親がここに連れてきたとしても不思議ではない。子供の頃から神社など新年か祭りでもなければ縁のない場所だった。だから来たことがあったとしても覚えているのは屋台の味ばかりで、気にもしていなかったのかもしれない。

玄関につくと、呼び鈴などはなく、複雑な形の木枠のレトロなガラスの引き戸があり、ラミネート加工された張り紙があった。そこには奇妙なことが書かれていた。

『携帯電話やゲーム機などすべての電子機器は玄関の棚に入れてください。中に持ち込むと壊れることがあります。壊れた場合は責任を負いません』

この家は特殊な電磁波でも放っているのだろうかと頭によぎる。植物の元気がないのも、電磁波が原因かもしれないなどと思うほど、奇妙な張り紙だった。

呼び鈴もないので戸を開いて玄関をのぞき込むと、旅館で焚《た》かれているようなお香の匂いがした。

張り紙の通り木製の古い戸棚があり、肩にかけていたスマートフォンの入った荷物を置いた。

広い玄関には戸棚以外には、木製のスリッパラックと花柄のスリッパが立てられていた。壁には猫が描かれた水墨画。それ以外は植物の一つもなく寂しい雰囲気だ。

薄暗い板張りの廊下の奥を見た。すると風でも吹いたのか、きしりと天井が鳴って、朱巳はびくりと震えた。

「……古い家の音って苦手だなぁ」

嫌いではないが、何か出てきそうで少し苦手だ。特にここは神社の敷地内で、曰くがありげな雰囲気が苦手だ。

離れの中身は古いままだった。何か出てきてもおかしくない家鳴りだけが響く古い家に、背筋の寒さを感じる。吹っ切るように息を吸う。

「ご、ごめんくださーい」

恐る恐る猫を被《かぶ》った声で奥に呼びかけた。

「ああ……いらっしゃい。荷物をそこに置いて、こちらにどうぞ。ああ、電子機器は持ち込んじゃいけないよ」

ゆったりとした、よく通る涼しげな若い男の声が聞こえた。人がいる安堵《あんど》からか背中にあったわずかな恐怖は消えた。その穏やかな声に誘われるように、靴を脱ぎ揃《そろ》え、スリッパを借りて声のした方に向かった。

欄間《らんま》から漏《も》れるぼんやりとした薄暗い光が廊下に差し込み、床は鈍《にぶ》く輝く。先ほど感じた空気は相変わらずで、嗅ぎ慣れないお香も相まって、夢の中にでも迷い込んだような雰囲気だった。

床をきしりきしりと鳴らしながら廊下を歩く。バイトの面接でさえなければ、山奥の自然に囲まれた旅館に来た時のような、ふわふわした気分だったのかもしれない。

「こちらだよ」

誘導する声が聞こえて足を止めた。声がしたのは、がっしりとした蔵戸の奥だった。

「失礼します」

重い引き戸を横に滑らせ恐る恐る中をのぞいた。障子のせいで、部屋の中は薄ぼんやりとしていた。

空気に飲まれてぼんやりしていた意識が、部屋にいた青年の姿を見て、目が覚めるようにはっきりとした。

格子の向こうにいたのは、長い黒髪を無造作に結び着流しを着た、目元涼しげな若い男だった。時代劇に出てくるような脇息にもたれ掛かり、優しげに微笑んで朱巳を見上げた。

妹ならきゃあきゃあ騒ぎそうな、日常から切り離された雰囲気のある美青年だった。しかし日常と切り離されているのは彼の姿形ばかりではない。

「なにこれ……」

朱巳は彼が入っている部屋の中の部屋を見て呟いた。

部屋の中に、格子でつくられた部屋があった。

「なんで、座敷牢なんて」

今や時代劇ですらあまり見ない、まごうことなき座敷牢の中に彼は鎮座《ちんざ》していた。

座敷牢の格子にはおびただしい数の札が貼られて、より不気味な光景に仕立てられていた。

タイムスリップでもしたかのような気分になり、朱巳は部屋に入ることもできなかった。

「座敷牢なんて言葉、若いのによく知っているね」

　青年は脇息から離れて、姿勢を正した。そして朱巳を——そのなにもいないはずの朱巳の背後を見て首を傾げた。背中が薄ら寒くなり、慌《あわ》てて部屋に入る。

「あの、清文さん、ですか？」

「ああ。私は間違いなくここの宮司の息子の泉水清文だ」

　他人が監禁されているわけではないとでも言うように、穏やかな声で名乗った。

「君、一人かい？」

「え、あ、はい。先に行ってくれって言われたんです」

　背後に誰かいたわけではないのだと知って、朱巳は少しほっとした。

「そうかい」

　そして彼はまだ誰かを探すように再び出入り口を見て、不思議そうに首を傾げた。

　おっとりした雰囲気で、顔色もいい。監禁されているようには見えない。だから座敷牢の違和感が強烈で、朱巳の戸惑いは薄れない。

「君は何か探し物かい？　今日はお客さんが来る予定だから、あまり話をできないかもしれないんだけど、いいかな？」

　先ほど聞いた『みかがみ様』にお参りに来たのだと勘違いされたのに気づき、朱巳は首を横に振る。時間を間違ったのかと腕時計を見た。買い食いのつもりが引き留められてしまったから数分の遅刻をしている。

「あの、それってアルバイトの面接のことですよね？」

「え、ああ。そうだよ。ええと、君は？」

「面接を受けに来た鈴原《すずはら》ですが……」

するとと彼は驚いたように大きく瞬《まばた》きをした。

「アケミさんのお兄さん？」

「いえ、僕が朱巳ですが」

「…………え？」

彼はちらりと座敷牢内にある文机を見た。そこには見覚えのあるコピーの履歴書があった。

「……その声は……男の子だよね？」

彼は動揺を帯びた震えた声で確認するように訊《たず》ねた。

「ああ、コピーだから写真が潰れてたんですね。女みたいな名前でたまに勘違いされますけど、見た目通り男ですよ」

履歴書の性別欄を見逃して、名前の印象だけで女だと思っていた青年に笑顔を向けた。写真付きで勘違いされたのは初めてだったが、名前だけではよくあることなので気にならなかった。

今日はロングティーシャツに裾の長いカーディガンを羽織っているし、アクセサリーも身につけている。男っぽい女の子かもしれないと警戒したのかもしれない。元々女顔ではあるし、たまに男に見える女がいるから、不安になるのもそう不思議なことではない。

「いやいや、どう見ても別人！　この真面目そうな子が、どうやったらこの短期間でそんなにチャラくなれるんだい⁉」

しかし彼は履歴書を手にとって、黒髪の頃の写真を見て取り乱した。写真は黒髪だった頃のもので、顔だけだと性別も分かりにくいかもしれない。

「卒業するからって、妹に髪をいじられたんです」

自分ではできないことを、兄を使ってするのが実に妹らしい行動だ。

「その派手な金髪もそうだけど、こう、全身が馴染《なじ》んでいるじゃないか！　卒業してはっちゃける子ってもっとそれっぽいはっちゃけた雰囲気があるものだよ」

「ええ、そうですか？　まあ、服とかアクセとか妹が選んできたから、統一感はあるかもですけど」

お洒落な妹が普通のそこらの服屋で買った朱巳には理解できない少し凝《こ》ったお洒落な服と、お洒落なピアスとネックレスをつけているだけだ。

「おじさんはこれで問題ないっておっしゃってくれたので、このままで来ましたけど、やっぱりまずいですか？」

朱巳は金髪の前髪をいじりながら問う。

黒染めは一番髪に悪いからするなと言われているから、茶髪ぐらいまでは許してほしいと思った。

座敷牢の中の若い男は、朱巳を見て両手で顔を覆《おお》った。

「女の子なのに巳の字は変わってるなぁと思ったけど……じぇーけーが来ると思ってたのに、男……ううっ」

朱巳は言葉に詰まり、考えた。

「ああ、ＪＫ。というか卒業したんで、僕が女の子でも女子高生じゃないですよ」

「それでも！　女子高生の残り香が漂う若い女の子に夢見たっていいじゃないか！　こんな所に引きこもっていると、若い女なんて身内しか来ないんだよ！」

青年は綺麗《きれい》な顔を上げて、涙でにじむ黒目の大きな目で睨《にら》み上げてきた。

「……引きこもりなんすか？」

よく見れば座敷牢の出入り口は閂《かんぬき》で止められているが、格子から手を出せばいつでも外せるようになっている。つまり閂はドアストッパー代わりにされているのだ。

「引きこもりなんて失礼な。出たくても出してもらえないんだよ。社会が許してくれないんだ」

「社会って……前科でもあるんですか？」

「あるわけないだろう。私は腐っても聖職――神の化身と崇《あが》められている身だよ」

彼はぷりぷり怒りながらあぐらをかいた。

「化身？」

「何も知らないで来たのかい？　この神社で祀《まつ》られている探し物の神様である『みかがみ様』の化身だよ。人々は大切な物をなくすと、私に救いを求めに来るのさ」

あぐらどころか片膝を立ててだらしなく座る自称神の化身を前に、朱巳は帰ろうかと出入り口を見た。

「ああ、信じていないな。ここに来るまでに、空気のおかしさを感じなかったのかい？　外で戸惑っていたから、感じたんだろう？」

それが理由で足を止めた朱巳は言葉に詰まった。

「確かに、植物の生育が悪いから、変だなとは思いましたけど……」

「よく分かっているじゃないか。気づきもしない人も多いんだ。君はなかなか観察力がある。悪くない」

青年はおもむろに立ち上がり、格子の前に立った。

「私達が先祖代々引きこもっているのはそのせいさ。私達はいるだけで植物に害をもたらすからここに封じられているんだ。農村で植物を弱らせる存在は祟《たた》り神のようなものだから」

彼は格子にもたれて指をかけ、にやりと笑う。

それが人とは思えないほど妖しく艶《あで》やかで、神の化身というのもまんざら嘘ではないのではと、真《ま》に受けてしまいそうになった。

「まあ私が自主的に封じられているのは、害を与えるのが植物どころではないからなのだけどね」

彼は格子にかけていた手を浮かせ、朱巳を手招きした。

「な、なんです？」

朱巳は恐る恐る彼に近づいた。すると彼は朱巳の左腕――腕時計を掴《つか》んだ。

「電子機器は外すように書いてあったはずだけど、これはデジタル時計だよね？」

「え、時計もだめなんですか？」

朱巳は掴まれた腕に巻かれた時計を見た。つい先ほどまで黒い線で時間を表示していた画面は、電池が切れたように何も映っていなかった。

「アナログはいいけど、デジタルは危ないよ。みかがみ様の呪いの餌食《えじき》だ」

格子に顔を寄せにたりと笑う青年を見上げると、背中に寒いものを感じた。

「の、呪い？」

「そうさ。電子機器を壊してしまう体質など、現代では最も質《たち》の悪い呪いだろう」

そう言うと、彼は腕から手を離して座布団に戻る。

「そのせいで私はハイテクな掃除機にも洗濯機にも湯沸かし器にも触れられない。かつては三種の神器と呼ばれ今やどこのご家庭でも当たり前のように使われている家電製品に触れたことがない。いや、あるが壊れたと言うべきだね」

彼は脇息にもたれ掛かり、やさぐれて身の上を話した。

「だから昔から力を封じてきたこの座敷牢から今も離れられないのさ。むしろ電子機器は一発で壊れるから、ご先祖様よりも立場は悪化しているかもね。もしも家電量販店など入ろうものなら、人々はパニックになって逃げ惑うだろうよ。明かりは消え、明かり代わりにしようと取り出したスマホまでつかなくなるんだから」

展示された家電などが消えただけなら停電で説明はつくが、自分のスマートフォンも壊れたら、ちょっとしたホラーだ。

しかしさすがに話が大げさすぎる。

「信じられないなら、君の携帯電話にも触れてあげようか？　どんな旧式でも携帯電話ほど高度な電子機器なら一発でデータを吹っ飛ばして、修理に出しても直らなくしてあげよう」

「え……いや、その、いいです」

朱巳は首を横に振った。彼は笑顔なのに、先ほどすごんでいた時よりも恐ろしく見えた。心から信じたわけでもないのに、実行すれば本当に壊されると恐怖した。

「そ、それで家政婦を？」

「いや、みかがみ様の呪いにかかっていない父がそもそも家事下手でね。うちの家系は本当に家事が苦手な者ばかりで、今は私が山を散歩している間にロボット掃除機を放って掃除させているのだけど」

「最新の家電あるんですね……」

「私が近づくと壊れてしまうから、うっかり近づかないよう散歩の時間も長くなってしまってね。元々この辺りには色んな怪談話があるのだけど、私にスマートフォンのライトを向けては壊れるものだから、最近、この辺りで着物の女やら落ち武者やら浪人の幽霊が出るとか噂《うわさ》が流れて実害が出始めているんだよ」

「あ……聞いたことある。廃神社って聞いてたけど、この辺りのことだったんだ」

その当時はまさか幽霊の正体に会うとは思ってもいなかった。朱巳はわざわざそういった場所に行って、話題と冒険を求めるのは馬鹿らしいと思っていたからだ。

「君も知っているのか。噂が人を呼んで素人の動画配信者ものこのこ来ているんだよ。マスコミが取材に来るのも秒読み段階だ。私のどこをどう見たら落ち武者やら浪人になるのやら。和装で髪が長いだけじゃないか」

彼は深刻な表情で言うが、あまりに馬鹿らしい幽霊の正体に何も言う気が起こらなかった。家電製品を壊す呪いのかかった男というのも十分立派なホラーだと思ったが、突っ込むのも面倒臭いので胸に秘めた。

「君がまだ信じないなら、雑草を枯らそうか。私がよく出る縁側は綺麗に半円を描いて草が枯れているんだよ。障子を開けてごらん」

指された障子をそっと開くと、そこには縁側があった。庭があり、長閑《のどか》な街並みが見下ろせた。

庭は清文が言う以上に奇妙な光景があった。

円を描いて枯れた植物から色あせた植物へとグラデーションしていた。どこが中心か分かるほどはっきりと、異様な広がり方だった。

「ある意味、芸術的だなあ」

大地に落ちた除草剤が円形に広がったかのような、作り出すのが難しそうな光景だ。

「そういうわけで、それをしてしまう私は滅多なことではこの結界から外には出られない」

「結界？」

「この祭壇――君の言う所の座敷牢さ。酔狂でお札が貼られているんじゃないんだよ」

彼は自分を囲う札の貼られた格子をこんこんと指で叩《たた》いた。

「その中にいれば大丈夫なんですか？」

「ああ。スマホでさえ寿命が短くなる程度だよ。私がここを出たらその瞬間に壊れかねないけどね」

実際に壊したことがあるとばかりの嫌らしい笑みを浮かべていた。

「君に望んでいるのは普通の家事使用人、あと私の仕事の手伝いさ」

雑用があると言われていたので神社の手伝いをしろというのには驚かなかった。しかしそれは文仁の手伝いであり、清文の手伝いをするというのは意外だった。

「えっと、清文さん、仕事してるんですか？」

彼の言い分を信じるなら、植物枯らし魔の家電クラッシャーの引きこもりだ。仕事をしていると言われても違和感しかなかった。家にいてもできる仕事は多いが、彼の体質では内職ぐらいしかできないだろう。だから何を手伝うか、想像もつかなかった。

（あ、お守り作りとか？）

業者に頼むと聞いたことがあったが、神社でしなければならないこともあるだろう。

「あのね、人をニート扱いしないでもらいたいな。さっきも言ったろう。私は『みかがみ様』の化身として人々から頼られていると。引きこもっていても仕事はできるんだよ。相談者が向こうから来てくれるからね」

引きこもりとニートはイコールではない。他人と会わないですむから引きこもっていられる仕事を選んだ人が親戚にいる。

「つまり……占い師みたいなものですか？」

「悔しいことにそれが一番近い表現だね」

そう言うと、彼は文机の下から、フランス産のスパークリング・ミネラルウォーターのペットボトルを取り出した。高いため、朱巳が飲んだことのない品だ。

「なんでわざわざ机の下に隠して……」

「私の古風で神秘的な姿には似合わないからだよ。お客さんの前では生活感のある新しい物は隠すことにしているんだよ。なにしろ代々続く神の依《よ》り代《しろ》だからね。人は古くさい神秘をありがたがってお金を払うんだ」

朱巳は神秘性のないだらしない神の依り代を見て、説得力を感じて言葉に困った。

「ありがたい壺《つぼ》を売る詐欺《さぎ》が成立したりするぐらい、人は神秘には弱いのだよ。私は実際に封じられている本物の身だけど、それらしくしないと信じてもらえない」

この空気と、実際に出ている除草剤でやるには難しい被害の出方すら、神秘に敏感な人にとっては〝ありがたさ〟となるのかもしれない。

「ほら、ここに来るまでにやたらと鳥居があったろう。あれは昔の人がどうにか封じようとした工夫の跡さ。赤い鳥居は神を閉じ込める封印の意味もあるから」

執拗《しつよう》なほどの鳥居の理由に朱巳は驚いた。

「よくそんな体質で子孫が残せてますね」

思わず本音を漏らしてしまい、口を押さえた。

「一番に驚くのがそれとは、君は変な子だね」

「いや、その……すみません。昔なら殺されたんじゃないかって」

「そういうことか。もし私を殺しても、一族の誰かが産んだ子が新しい『みかがみ様』になるからね。一族郎党殺してみないと〝みかがみ様〟がいなくなるかどうかすら分からない。そして昔は近隣住民でまったくの赤の他人なんて、余所《よそ》から嫁に来た女ぐらいしかいなかった。だから神として崇め奉《たてまつ》りながら封じたんだ」

そうであれば生活は不自由しなかっただろう。長く生きてもらって、少しでも代替わりを防ぎたいはずだ。外に出ればどうなるか分かっていたら、依り代も逃げ出す勇気など持てなかっただろうと、想像がつく。

「私は先代である曾祖父《そうそふ》が亡くなった翌週生まれてみかがみ様になったんだ。この着物も先祖から受け継いだ物でね、ある程度の封印の効果がある。自分ちの山に行くだけなら、迷惑をかけないはずだったというわけさ。まさか不法侵入の若者があんなにいるとはね」

時代錯誤な恰好《かっこう》にも理由があることに、少しほっとした。

「理由があって良かったです。女の子を騙《だま》そうとするコスプレ野郎だったらどうしようかとちょっと思いました」

「民族衣装を着ただけでコスプレとは失礼だね。若者がそんな感性ではますます和装の歴史が狭められてしまう。古き良き時代に生きるしかない身としては嘆かわしいね」

彼はすねて膝を抱えて水を飲んだ。

彼自身の若い女に飢えた品格に欠ける発言のせいでそう考えただけなので、朱巳でなくても疑うはずだ。もし朱巳が女の子なら、部屋に入ってきた時のミステリアスな雰囲気で話を続けていただろうことも、確信できるほどだ。

「それで僕は何をすればいいんですか。それとも女の子でないからなかったことに？」

「女の子でなかったのは残念だけど、人手が欲しいから男の子でもかまわないよ。ただ、料理は本当にできるのかい？　掃除も大切だよ」

彼は疑うように朱巳を見た。

「一流の料理人のような料理を出せなんて言われたら困りますけど、家庭料理レベルなら。あ、お昼も近いですし、何か作ります？　さっきお肉屋さんで冷凍の揚げ物をもらったんですけど」

「揚げ物は飽きたから別のがいい。これ以上あんな食生活をしたら太ってしまう。太った私など神秘を売り物にできなくなる」

彼は口を押さえて首を横に振りながら言った。

「野菜は外の蔵の中にあるはずだから、野菜も使った料理を作ってみてくれないか」

「嫌いな食材とかは？　ご飯は炊いてないですよね。乾麺とかありますか？」

「ああ。大量買いしたパスタや素麺《そうめん》があるはず。冷凍庫に眠り続けている食材とか」

「じゃあ早く使った方が良さそうなのから使いますね」

「ああ。揚げ物でなければなんでもいいよ。勝手口から外に出た所に蔵があるから、そこに芳美《よしみ》さん……前の家政婦さんが使っていた台所がある。家の中の台所には、私のためのカセットコンロのような触れても壊れないものしかない」

彼はフランス産の炭酸水をちびりと飲みながら言う。

「ああ、台所に行く前に私の後ろの戸を開けてくれないかな。棒で開けられるけど、手を出さないように開け閉めするのは面倒でね」

彼の後ろは、壁かと思っていたがよく見れば木の引き戸だった。

朱巳は部屋の真ん中にある座敷牢を迂回《うかい》して引き戸を開けた。するとその向こうには、ある意味で見慣れた光景が広がっていた。

「テレビ……」

大型の液晶テレビがそこにはあった。

「家電」

テレビ以外にもレコーダーとエアコンと電話機があった。天井には普通の照明。部屋の入り口付近にはノートサイズのリモコンらしき物が置いてあった。

「そんなに冷たい目で見ないでほしいな。その部屋をよく見てごらん」

引き戸の裏側、壁に天井に家電にも、びっしりとお札が貼られている。

「家電部屋なのに、ホラーですね……」

「この格子の中から、こうして数種類のマジックハンドを使い分ければ、手を外に出さず、その特別製のリモコンでこの部屋の中の家電を操作できる。まあ、これだけ近いとたまに壊れるから安物の家電ばかりなんだけどね」

彼は棒を使い、特殊なリモコンでテレビを操作する。

「今のテレビはネットにも接続できるから、ネット検索だってできる。ネット配信の映画とドラマが一番の恩恵かな。曾祖父は他人にビデオテープの入れ替えをしてもらっていたみたいだから、私はまだ恵まれているのかもしれないね。誰もが高度な電子機器を持ち歩くようになったから、余計に外に出られなくなったけど」

彼は長い棒を使って器用にリモコンを操作し、テレビの機能で動画配信サイトを開き、海外の刑事ドラマの最新のシーズンの七話目を視聴しだした。

「ペットボトルなんて比べものにならないぐらい神秘も何もないですね」

「だから隠しているんだよ。ここに来る人達は大切な物をなくして藁《わら》にもすがる思いでやってくるんだ。だったら、それらしく迎えて安心させてあげたいじゃないか」

占い師にだって演出も重要だ。過剰すぎない自然な特別感——つまり彼の言う所の神秘が。

「じゃあ、作ってくるんで、待っててください。初めての台所だから、ちょっと時間かかるかもしれませんけど」

「ああ、なんでもいいよ。父が戻っていなかったら社務所に届けてやってくれ」

「分かりました」

朱巳は採用のための第一歩である、最初の料理を何にするか悩みながら部屋を出た。

仕事は他にも探せばあるが、妹を健やかに育てるために必要な条件が揃っているので、できれば妹を養っている間はここで働きたい。近場で満足のいく金額を稼げて残業のない仕事は、なかなか見つからないのだ。

1話　猫神社の猫又もどき

朱巳《あけみ》という少女のような名前の彼は、情報だけならとても可哀想《かわいそう》な少年だ。

両親は去年事故で亡くなった。家族は妹が一人いて、兄として彼女を養うために高校卒業後に就職することになっていたがその会社が倒産と、踏んだり蹴ったりだ。

亡くなった両親は正確には水難事故で遺体が出ていないため行方不明だった。子供だけで処理するには大変で、その時に顔が広く面倒見のいい父のいとこに話が回ってきて、人脈を使って子供達を手助けしたらしい。そして不運が重なった時も、こうして働き口を紹介した。

それが彼がここに来た経緯だ。

女の子だと思っていた時はそのままずっと働き続けてもいいと思っていた。だが男なら、腰掛け程度のつもりだろうと考え直した。

「何でもいいと言ったけど、まさかこんなのが出てくるとは……」

カレーが出てきたのだ。市販の固形ルーを使用した物ではない、スパイスを使った本格的なカレーが。

「スパイスと冷凍のナンがあったんで。乾麺はまだ日持ちするから、こっちを先に使おうかなって。前にいた人、色々買い揃《そろ》えてたんですね。早く使わなきゃいけないものがたくさんありますよ」

と、金髪でピアスや十字架のアクセサリーなどをつけた派手な外見のチャラそうな若者が、ふりふりのエプロン——前の家政婦が使っていた物だ——を身につけて、スープとサラダまでついた、テレビで見たことのある本格的なカレー屋のランチのようなものを出してきた。

薄幸の少女を想像していたから調子が狂う。

「あ、前にスリランカ人が本格カレーを出してるカフェでバイトしてたんで、味はそこそこだと思いますよ」

「そ、そうかい」

朱巳はにっと笑う。もし黙って突っ立っていたら、声をかけるのもためらわれるチャラそうな見た目をしているのに、口を開けば愛嬌《あいきょう》のある少年だ。派手な装いを無視すれば、写真の印象通り可愛《かわい》らしい顔立ちをしている。猫のようなぱっちりした目は、女の子でないのがもったいない絶妙な配置で、この調子で愛想良くしていれば今の見た目のままでも近所の老人達にも可愛がられるだろう。むしろ見た目が派手な分、少し話せば真面目だと分かるギャップで受けるかもしれない。現に彼は初対面のはずの肉屋の親子に、商品を渡されたのだから。

「ノンオイルフライヤーがあったから、今日もらった揚げ物はそれで調理しましょうか。使ったことないから美味《おい》しくできるか分からないけど。ああいうの、妹が欲しがってるんで、うちの夕食もあれで調理してみていいですか？」

彼はエプロンを外して自分用に用意したカレーを置いた折りたたみの小さなテーブルの前に座りながら問う。

見た目の印象とは正反対の、初めて手にする家電製品に目を輝かせる可愛らしい少年の姿に戸惑いは消えない。

「うん、かまわないよ。帰ってからまた調理するのは大変だろうから、余分に作ってタッパーで持ち帰ってもいい。うちにある野菜や漬け物は全部もらい物だから、遠慮することはないからね」

よくもらうのだが、猫は肉食なので野菜はほとんど与えないため、人間と敷地内で飼っている鶏《にわとり》で消費しなければならない。

「神社とかってやっぱり近所の人に色々よくしてもらえるんですね」

彼はもらい物のらっきょをスプーンで取りながら言う。

「それもあるけど、うちは植物を枯らすからね。飢えて外に出てくることがないようにって、お供《そな》え物が伝統になってるんだよ。だから常に何かしらの野菜はある。山で狩ってきた猪肉《ししにく》は毎年恒例だし、川魚もよくもらうな。あと、海釣りに行った人がお裾分けしてくれることもあるよ」

朱巳は魚と聞いて「へぇ」と目を輝かせた。彼は魚が好きなようだ。

「でもこのことはべらべら余所《よそ》で話さないように。生きた人間が神として閉じ込められているなんてのは、地元民とごく一部の人々だけが知る、知る人ぞ知ることなんだ」

「そうなんですか？　まあ、外聞が悪そうですからね」

座敷牢《ざしきろう》が視覚的にもインパクトがあり、人の気を引き込むのにも使えるが、話で聞くとろくでもない危険な宗教に聞こえるのだ。

「それにこのご時世、こんな体質の人間の噂《うわさ》なんて目も当てられない。面白おかしくネットで記事にされて拡散されてしまったらどうするんだい」

「ああ……物見遊山《ものみゆさん》で人が来て鬱陶《うっとう》しそうですね」

ただの幽霊の噂でもたまに人がやってくるのだ。たまにではなく、頻繁《ひんぱん》になってしまうだろう。想像するだけで恐ろしい。

「きっと怪しい新興宗教扱いされたり、中二病だとか言われて指さされるに違いない。うちは伝統ある祟《たた》り神なのに」

「自覚あるんだ……あ、いえ、なんでもないです。あ、冷めると美味しくないですよ」

清文《きよふみ》が睨《にら》み付けると、彼は笑って誤魔化《ごまか》しカレーを勧めた。清文は勧められるまま冷凍のナンに手を伸ばす。

前の家政婦の芳美《よしみ》は、ネットで見つけた食材を買っては使いこなせず飽きる人だった。一度食べた記憶はあるが、それからずっと眠っていたようだ。

「ところで父は？」

「おじさんにはさっき渡しましたよ。なんだかトラブルがあったみたいで、忙しいそうです」

「そうか。父が忙しいなんて祭りが近い時ぐらいだからね」

「お祭りがあるんですか」

「ああ。来月に春の桜祭りがあるんだ。近くの川沿いに桜並木があって、参道やうちの境内にも桜があるから、屋台もけっこう出るよ。巫女《みこ》さんのバイトも雇うんだ」

「巫女さんで声を弾ませるんですか……」

朱巳の呆《あき》れ声を気にせず、海外ドラマの英語の台詞《せりふ》を聞きながらカレーを食べる。

ネットで調べて作った芳美の本格カレーは妙にざらざらして変な苦みがあったのだが、ちゃんと習って知識があるからか、なめらかな舌触りで美味しかった。

「本格的なカレーなんてインド人が屋台で作ってたのと、芳美さんが作ってたのしか食べたことがないけど、家で食べられるのはいいことだね」

「もう少し時間とスパイスがあればもっと美味しくできますよ。これは基本のレシピなんで」

顔を見れば話す言葉に違和感を覚えるが、顔を見なければすんなり受け入れられる。人は見た目ではないというのを強く実感できる。

「あ、別にカレーばっかが得意ってわけじゃないですよ。鯛《たい》ぐらいまでなら魚も捌《さば》いたことあります。父の趣味が釣りだったんで」

彼はナンを置いて、魚を捌くまねをした。先ほど魚に興味を持ったのは、そのせいのようだ。彼が親を慕っていたのがよく分かる。

「それを言ってくれたのが、女の子のアケミちゃんなら……」

彼は男としては声が高めで、声が低めの女の子でも通じそうだから、余計に考えてしまうのだ。

「……あ、そういえば、前の家政婦さんってどうしたんですか?」

話をそらすように問う。

「芳美さんにもうお歳《とし》だからね。旦那さんが仕事を退職したから、二人でゆっくりすることになっただけだよ。奥さんだけが働いているとすることのない旦那さんがすねてしまうってね」

仕事熱心であるほど仕事がなくなった時の反動は大きいため、彼女は夫が心配になったようだ。

「ただ、前のと言ったけど、本当はその後に一人雇ったんだけどね。私の写真を撮ろうとしてスマホが壊れたとわめいたり、一週間で賽銭《さいせん》泥棒するようなとても残念な人だった」

「賽銭泥棒って、なんて罰当たりな」

「身内以外は雇うなってことなのかなと、父もうんざりしていたな」

頼まれて雇ったはいいが、胡散臭《うさんくさ》くて見せてはいけない部分を見せていなかったので大した実害はなかった。朱巳に見せたのは、彼が気配の読める身内だったからだ。

そんな常識的な反応をする彼を見ていたら、ふいに予感を覚えた。

「すまないけどテレビを消して、戸を閉めてくれないかな」

「え、何でですか？」

「そうした方がいい気がするからさ」

清文は脱いでいた羽織りを取る。

「私の予感はだいたい当たるんだよ。それが良いことか悪いことかは、分からないけどね」

だから予感がする時は、隠す物は隠して、装いを整えて待つのだ。

◆◇◆◇◆

驚くべきことに、清文の予感は当たった。昼食が終わった頃、来客があったのだ。出迎えると、先ほど朱巳が追い越してきた老婆が慣れた様子でウォーキングシューズを脱いでいた。

そんな彼女の足下には何匹もの猫がいて、みぃみぃと合唱していた。犬派の朱巳だが、可愛らしい老婆が猫に囲まれて慕われている姿を見ると胸がほっこりするのを感じた。

「さっきすれ違ったおばあさんですよね。どうしたんですか？」

「あら、さっきのお兄さん。あなた探し物だったの？」

ここに来る見知らぬ人は、探し物があるというのが近所の常識のようだった。

「いえ、仕事で。家政……夫？　として働きにきてるんです」

「あら、君がそうなの。じゃあ、清文くんはいらっしゃる？　あの子がいないことなんて、山で山菜泥棒が出る予感がした時ぐらいなんだけどねぇ。ほら、今の時期は山菜の季節でしょう。多いのよ、山菜目当てに山に入って荒らす人」

おしゃべり好きなのか、老婆はよどみなく話し憤慨した。そんな彼女に、猫達が身体をすりつけている。

「今日はそんなことはないようですよ。さっきまで食事してたんです」

「じゃあこれはおやつとして食べてもらおうかしら。昼食代わりにどうかなって思って持ってきたお好み焼きなの」

　と、彼女は包みを渡した。

「ありがとうございます。こんな所じゃ何ですので、ちょっと清文さんに聞いてきますね」

「いや、そのままお通ししていいよ。その方はそこの駄菓子屋さんだから」

　こちらの声が届いたらしく、聞きに行くまでもなく清文が指示を出した。

「あら、カレーの匂い。清文くんったら、いい物食べさせてもらったのね！　あ、こら。おまえ達には食べられないのよ」

　老婆は興奮して勝手に家の中に入る猫達を叱りつけた。もちろん猫なので、彼女の足にすり寄るばかりで理解した様子はない。

「猫ちゃん達、よく懐《なつ》いてて可愛いですね」

「そう？　勝手に住み着いて迷惑しているのよ」

　怒っているが、彼らに愛情を注いでいるのが分かる。

　朱巳は慣れた様子で先に行く猫達に続いた。

「おや、ミケ達も一緒かい。さあおいで」

清文はくすくすと笑い、手を差し出した。一匹が伸ばした手に頭をすりつける。後からやってきた猫達はその手を奪い合うように清文に群がった。

「こらこら。喧嘩《けんか》はしない」

猫に囲まれた清文は、彼らを一匹一匹撫《な》でていく。人懐っこい猫達だ。

「清文くんは本当に猫好きねぇ。そんな所も先代そっくり！」

「やあ、響子《きようこ》さん。差し入れかな。ありがとう」

「前みたいな人だったらと思って持ってきたんだけど、ちゃんと食べられたのね」

「ああ。芳美さんが残していったスパイスでカレーを作ってくれたよ」

「カレーと言うよりカリーというやつね。川向こうまで行かないと食べられないやつ」

「そうそう。専門店でアルバイトしていたそうだよ。和食も作れるらしいし。魚も捌けるらしいから安心だよ」

清文がふっと笑みを浮かべた。最初に見たのとは少し違う、神秘を演出するほどではないが、だらしなくはない、よく知っている相手に対するよそ行きの笑顔だった。

カフェなので専門店ではないというのは、面倒なので黙っていた。

響子は手慣れた様子で鍵のかかっていない座敷牢の中に入り、用意されていた座布団に座った。

「朱巳くん、こちらの響子さんは先代の頃からよくお世話になっているんだ。猫の世話もしてくれているんだ」

「そうですか。鈴原《すずはら》朱巳です。よろしくお願いします」

朱巳は正座して頭を下げた。

「あら、礼儀正しいこと。芳美さんがいなくなって少し寂しかったけど、良さそうな子が来てくれてよかったわね」

笑顔の可愛い老婆は、前の家政婦と親しかったようだ。

「それにイケメンというやつね。若くてイケメンな子が増えるなんて、素敵ねぇ」

「はは、ただ若いだけが取り柄ですけど、ありがとうございます」

とりあえずイケメンという言葉を使ってみたかったというニュアンスに、朱巳は笑って対処した。

「清文くんも先代そっくりのイケメンだし、華やかねえ」

「褒めてもらえるのは嬉《うれ》しいけど、会ったこともない曾祖父《そうそふ》に似ていると言われるのも複雑だな」

「いい男だったのよ。娘時代はみかがみ様のお顔を見るだけで胸がときめいたものよ」

本当に憧れていたようで、弾むように話をするのが、可愛らしい印象だった。

「この歳になると、猫と若い子を見るぐらいしか楽しみがないの」

「その若い子って、うちの父も入っているんでしょう？」

「もちろんよ」

清文は口元を押さえてくすりと笑う。神秘もないが、それでも普通の若い男とは違う雰囲気を放っている。雰囲気作りは本当に上手いのだなと思いながら、お茶を飲む。

「でも今度こそ安心ね。身内なんでしょう？」

「ええ。使ってみないことには分からないけど、適性はありそうだよ」

清文は目上の女性が相手でも、朱巳に語りかけるのと同じような口調だ。それでも違和感がないのは彼の雰囲気のためだろう。

その雰囲気で受け流しそうになったが、二人の会話の違和感にふと気づいた。

(身内？　適性？　何のことだろう)

おかしくはないはずだが、引っかかった。

「じゃあ、来て早々だけどお願いしてもいいかしら？」

「また探し物？　おカメちゃんがいなくなった？」

「そうなのよ。昨日からいなくなってね。境内も探したんだけど見つからなくってね。きっとまた探しに来るのを待っているのよ。困った子だわ」

朱巳はお願いの内容に驚いた。人間らしくない名前だから、ペットがいなくなったのだと察した。

「あの猫又モドキは探しに来ないとすねるからね」

頭の中で大きな亀を想像した朱巳は、清文の諦《あきら》めたような声を聞いてさらに驚いた。

(猫又モドキというからには、奇形で尻尾が二本ある？　でもなんで猫にカメ？)

犬ならありえるが、猫に亀は聞いたことがない。しかし世の中には名付け方がおかしい飼い主というのはざらにいる。柄がキャンディに似ているからキャンディと名付けた飼い主を知っているから、その手の連想ゲームで名付けたのかもしれない。

一人で納得していると、清文が湯飲みを置いた。

「何かあってもことだから、探してみようか」

彼はすぅっと立ち上がって、漆《うるし》塗《ぬ》りの小箪笥《こだんす》の上に置いてあった鉄瓶《てつびん》を手にして座敷牢を出た。

「あ、出ていいんだ」

「私も人間だから出られないと困るよ」

つまりそれは風呂やトイレにも行けない生活だ。この座敷牢の清潔さを見れば、ここから外に出ているのは一目瞭然《いちもくりょうぜん》である。

清文は縁側から外に出て、手にしていた鉄瓶に水道の水を注いだ。

「ここの水道は井戸水でね。検査とかしてないから飲まない方がいいよ」

清文は忠告すると、ゆったりとした仕草で座敷牢の中に戻り、鉄瓶の隣に並べてあった朱塗りの大盃《おおさかずき》に水を注ぐ。

「こんなものかな」

彼は鉄瓶を置いて大盃を両手で持ち、そっと床に置いた。結んだ長い髪が盃に落ちないよう、手で押さえてのぞき込む。

「清文くん、何か見えた？」

響子は身を乗り出して問いかけた。

「響子さん、少し待ってくれないかな。動物は人間よりも分かりにくいんだ。しばらくかかるから、ドーナツでも食べていて」

「はいはい。どうせわたしの存在なんて気を散らすだけですよ」

清文はすねた響子を見て苦笑すると、真剣な表情で視線を水面に戻した。

水をのぞき込んで占う様は、水晶玉をのぞき込むのに少し似ていた。世の中には変わった占いなどいくらでもあるから、端《はた》から見て本当に占っているのか分からないだけで、理解しやすい類《たぐ》いの占いだ。

動きが出たのは朱巳が響子におかわりのお茶を注いだ時だった。

「おや、まずいかもしれないね」

「まずいって？　おカメはどこにいるの？　また死体でも見つけたの？」

「それはいやだなぁ。死体を見つけると面倒臭いんだよ」

地元の二人の会話に朱巳はぎょっとした。

「死体って……そんなに死体が出るんですか？」

言うほど頻繁に猫が見つけるほど死体が出るなど、怪談話でも聞いたことはない。

「多いってほどではないけど、入りやすい山が多いから、自殺する人は少なくないんだ。事件ではないから、知らないだろうね」

自殺の名所として有名な場所はいくつか知っているが、知らないだけでそういう場所は身近にもあったようだ。

清文は指先でそっと水に触れて二、三度波紋を作ると、身を乗り出して大盃をのぞき込む。

「うーん、分かりにくい場所にいるね。建物がある。薮《やぶ》の中？　幸いなことに、うちの敷地ではない。けど市内にはいるね。いつものようにのんびりとドラム缶の上で丸くなっている」

清文は大盃をのぞき込んだまますりと笑った。

ゆらゆら揺れる水面に、ここにはない緑が見えた気がして、朱巳は目をこすった。

すると水面に見えるのは、清文の影だけになっていた。

「おカメちゃんはいつもそうねぇ。わたしのいとこが亡くなってた時も、見つけるまでいとこが倒れている縁側で丸くなっていたわ」

響子がため息をついた。二人の慣れた雰囲気は、先ほどの錯覚もあって不気味さを感じた。

猫又だの、死体だのという、日常ではあまり聞かない単語は、不気味だ。

「まさか……よく死体を見つける猫ちゃんなんですか？」

不気味な会話からオカルトめいた部分を取り除くと、つまりそういうことだ。

「間違ってはいないわねえ。そう思うと怖いわね、あの子！」

響子は今初めてそれに気づいたとでも言うように、ぽんと手を叩《たた》いた。

「怖がることはないよ。死体も見つけるだけで、ただ遭難者の側《そば》にいたこともあったから、死神のような猫というわけじゃない。ただ、早く見つけないと結果は同じだけれど。あの子を分かりやすく言うなら、〝不思議とトラブルを見つける猫〟だから」

清文は大盃に指を入れて波紋を眺め、おもむろに顔を上げて朱巳を見た。

薄い唇は試すような意地の悪い笑みを浮かべているように思え、朱巳は嫌な予感を覚えた。

「朱巳くん、悪いけどお使いに出てくれないかな。市内だから、日が落ちるまでには見つかるよ」

「お……お使いって？」

「なに、大丈夫。可愛い猫を探すだけだ。一度やってみれば分かるから」

当てもなく見たこともない猫を日暮れ前までに探すなど無理だ。死体がありそうな場所になど行きたくもない。

「いや、でも、そのおカメちゃんを知りませんし」

「大丈夫。分かりやすい子だから。なんとジャパニーズボブテイルだ」

予想外の品種に、亀から長い二股の尾の猫に変化したばかりの〝おカメちゃん〟像が、再び打ち砕かれた。

「それって尻尾の短い猫でしょう。猫又じゃなかったんですか？」

有名な白い子猫のモデルにもなっている珍しい極端に尻尾が短い種類の猫だ。

「そう、猫又にならないように品種改良されていった日本特有の猫だよ。おカメちゃんは美人なトビミケでとても人懐っこい。模様はこの子が似ているな。この子を少しでぶっとさせた感じ」

と、彼は近づいてきた普通のトビミケを撫でた。頭と尻から尻尾だけに模様があり、それ以外は白いのが特徴だ。

「朱巳くん、隣の部屋に回って、一番左上の引き出しにある小物入れを持っておいで。あと、君が玄関に置いてきた荷物も。私が中にいればまず壊れないから」

隣の部屋と彼が指したのは家電部屋だった。この部屋から入れるが、廊下から入れるという意味だと察して、言われた通り廊下に出て自分の荷物をロッカーから取り出し、家電部屋に入り言われた引き出しを探す。中には四角い煎餅《せんべい》の缶があった。

「お煎餅のカンカンですか？」

「そう、それ」

ずっしり重い缶を手に清文の待つ座敷牢へと戻る。

「中身を設置してくれないかな」

蓋《ふた》を開けて中を見ると、スマートフォンとスピーカーなどの周辺機器が入っていた。

「スマートフォンとスピーカーを設置するってことですか？」

「そう。あと、中にヘッドセットがあるだろう。それは骨伝導《こつでんどう》だから自転車を運転してても合法らしいから使って。次に中のスマートフォンをそのスピーカーに接続したら、そのスマホから君の番号にかけてくれ。それでお互いに通話し続けられる」

つまりお互いにハンズフリーで連絡を取り合えるようにするのだ。

「前の人の時もそんなことを？」

「そうだよ。芳美さんは父よりも覚えが良かったから、最新の家電も自力で扱えたよ」

少し前の最新の家電が揃った台所を思い出しながら、小物入れに入っていた説明書の指示通りに、自分のスマートフォンとヘッドセットをペアリングさせる。

清文のスマートフォンをスピーカーとつなぐと、自分のスマートフォンの番号を入力して通話ボタンを押し、部屋の隅に行って耳を塞《ふさ》いでマイクに呼びかける。

「聞こえますか？」

『聞こえるよ』

耳を塞いでいるのに、清文の声がはっきり聞こえた。

「骨伝導って初めてですけど、本当に聞こえました」

同時に自分の声は、スピーカーからも流れた。

「若い子だと自力で説明書を読んでくれるから口を挟まなくてすんで助かるね。これで指示を出すから、自転車で行って。来た道と反対方向に行くと、下りる道があるから。あ、父にモバイルバッテリーを借りてきた方がいいかも」

清文は指折り数えて指示を出す。ヘッドセットからも声が聞こえるので、変な気分だった。

「うん、その程度かな」

「その程度って言われましても……」

「それとも君は、猫はあまり好きではない？　それとも猫探しなんてくだらない？」

「どっちかって言ったら犬派ですけど、猫も好きですよ。けど僕、この辺りの地理に疎《うと》くて……」

猫を探す前に自分が迷子になりかねない。

「もちろん私が誘導するよ。遅くまで探せとは言わない。妹さんに心配させてしまうのはいけない。その間の時給もちゃんと払うし」

ご近所の善意の猫探しでタダ働きかと思ったのだが、出ると聞いて驚いた。

「私はこれでもけっこう儲《もう》けてるんだよ。今時の神社なんて儲けている所は少ないけど、うちはお金を持っている人が頼ってくることが多いからね」

彼は高そうな大盃の縁を撫でながら笑う。

「お金持ちってそんなに探し物が多いんですか？」

探し物限定の占い師に、そこまで需要があるなど信じられなかった。

「そうだね。お金を持っている人はお金で買えない何かを探したがるのかもね」

そう言って彼は大盃に手を出そうとした猫を持ち上げて「ねえ」と話しかけた。

「さて、時間もないから始めようか。うちで働くなら、たまにやらなきゃならないことだから」

聞いていた『雑用』がこれだと気づき、それなら仕方がないと諦めた。ただの猫探しだ。迷い猫のことは純粋に可哀想だと思うから、嫌なわけではない。

「じゃあ、行ってきます」

「ああ、父に言って水を持っていくといいよ。社務所にたくさんあるから」

清文は猫を抱えて、ゆるゆると手を振った。

「いってらっしゃい」

◆◇◆◇◆

朱巳は走りやすい高そうなシティサイクルを漕《こ》ぎ、神社の裏から出られた坂道を下った。川沿いでも走ればいい気晴らしになりそうだが、今はよく分からない理由で猫を探さなければならない。

腑《ふ》に落ちない部分はあるが、見つからなくて損をするのは清文だけで、朱巳自身もいなくなった猫のことは心配だった。

『そのまま右に進んで、先に動物病院が見えない？』

朱巳は視線を動かし、すぐにそれらしき看板を見つけた。病院らしい外観だが、動物病院と書いてなければ人間の病院と勘違いして通り過ぎてしまいそうな古い建物だった。やたらプランターが並んでいる。それに統一感があればいいが、欲しい時に売っていた物を買い足していったような、統一感がない並びだ。

「えっと、古い動物病院があります。プランターが一杯の」

『そこだよ。先生におカメちゃんが昨日から姿が見えないと伝えて欲しいんだ』

自転車から降りると、玄関の古びたガラスの観音開きの戸を押す。受付の前には柴《しば》犬《いぬ》と飼い主がいた。待合室のソファにも飼い主とケージに入った猫がいる。

壁には古びたペットに関する貼り紙に、『犬を探しています』と可愛い雑種犬の写真が載った真新しいチラシなどが貼られている。塗装の剥がれた木棚にはペットフードの試供品。さびたマガジンラックにはペットに関するものが並んでいる。どれも古びた印象だ。

儲け重視ではなく、地元の人が昔から世話になっている獣医なのが分かる。

「おや、初めてのお客さん」

しかし受付にいた白衣を着た獣医は、清文と同じほどの年若い男に見えた。雇われか、もしくは二代目――どころか三代目といった雰囲気だった。

「あの、そこの神社でバイトしてて、おカメちゃんって猫が昨日からいなくなったって伝えろって」

「清文のお使い？　あれ、女子高生が来るってはしゃいでいたような気がしたけど」

若い獣医は首を傾《かし》げた。清文が想像していた以上に『アケミちゃん』に期待していたのを知り、朱巳の頬が引きつった。

「あらまあ、ずいぶんと今時の男の子ねえ」

会計をしていた祖母と同じぐらいの女性が上品に笑う。

『彼の発言は真に受けなくていいよ。今日は大先生だと思っていたのに』

清文が愚痴る声が聞こえた。

「鈴原朱巳っていいます。こんな名前ですけど男です。あと卒業したので学生じゃありません」

　ご近所に知れ渡っているのではと嫌な予感を覚えながら、訂正をかねて名乗った。

「ああ、名前で勘違いしたか。清文はおっちょこちょいだな。普通にしてれば普通に自称じゃなく神秘的なのに、なんで自分から残念な男に成り下がるんだろうな。あ、いい奴なんだよ。変な奴だけど」

　立ち居振る舞いだけは、一朝一夕《いっちょういっせき》には身につかない洗練されたものだった。知り合いにさえ言われるのだから、彼は少し口数を減らした方がいいのだろう。

『誰が残念だというんだ。私の赤の他人に対する外面《そとづら》のよさを侮《あなど》っているな』

　見せてはいけない物を隠し、来客には猫を被《かぶ》っているようだから、彼は外面はいいのかもしれない。

「みかがみ様は外にお出にならない箱入りですもの。少し世間からズレていても仕方ないわ」

　ソファに座っていた猫を連れた女性がくすくすと笑いながら擁護《ようご》した。外に出られない清文は、そうやって近所の人に愛されているようだ。

「そうですね。清文はみかがみ様ですからね」

「じゃあ、若先生、ありがとうございました」

　受付の前にいた女性は柴犬を腕に抱いて、観音開きの戸を身体で押して出て行く。

「さて、鈴原くん。少し待っていて」

彼は奥に引っ込むと透明のビニール袋を手に戻ってきた。

「おカメちゃんを見つけたらこれを。あの子は迎えが来るまでは、てこでも動かないから。もし見かけたって人がいたら文仁《ふみひと》さんに連絡するよ」

袋の中にはお茶のペットボトルに入った水と、猫の餌の試供品が入っていた。

「あの、おカメちゃんってそんなによくいなくなるんですか？」

「まあねえ。俺の弟が遭難した時も弟の所にひょっこり現れて、一緒にいてくれたことがあるんだ。帰り道は教えてくれなかったから、人間が探しに行かなきゃいけなかったのに変わりはないけど、毛布代わりにはなっていたみたいだよ」

そう言って彼はビニール袋をぐいっと前に突き出した。

「もしあんまり衰弱しているようだったら連れてきて。ま、昨日からならたぶんこれでご機嫌が取れるだろうけど」

猫のご機嫌を取って連れ帰らなければならないと思うと、少し憂鬱《ゆううつ》になった。素直に捕まってくれればいいが、見つけてから鬼ごっこをするのは嫌だった。

「はは、訳の分からないって顔してるな。あいつの仕事のことは俺も訳が分からないから、安心していいよ」

「え、分からないんですか？」

「ああ。ただ、訳が分からなくても、おカメちゃんは一人で迷っている人を見つけては側でじっとする癖があるのは間違いない。大半は笑い話ですむけど、たまに本当に困っていることがあるから」

清文達は怖いことを話していたが、つまり特定の行動を取る人間を見つけると側にいる猫なのだ。

「よかった。清文さん達が死体とかどうとか言ってたから、死体が好きな猫なのかと」

「結果的に死体になることはあるから、何かあるなら早く見つけてやってくれ」

死体は見つけたくないので、もらった荷物をリュックに入れた。

「じゃあ、行ってきます」

手を振って見送る獣医に頭を下げて、自転車を漕いだ。

占いで猫を探すなど、荒唐無稽《こうとうむけい》なことだった。だから清文の指示であっちこっちと無駄に振り回されるのだと思っていた。

しかし彼の指示は具体的で、迷いのないものだった。間違えることはあっても、そこに迷いはなく、ただ道を知らないだけだった。地元に詳しい響子の助言のおかげで、間違うことも減っていった。

「このまま行くと、山しかないですよ」

朱巳は自転車に取り付けたスマートフォンの地図アプリと、視線の先にある山を見比べた。神社がある山とは別の山だ。ハイキングコースなどもあり、気候のいい季節の休日には人がたくさんやってくるらしい。

『そこをまっすぐ進むと山道に入るんだ。おカメちゃんはその辺りにいる』

「山道ですか」

『坂道は自転車では厳しいだろうけど、まあ君は若いから大丈夫』

理不尽な理由で大丈夫だと言われる。

大盃をのぞき込んで指示を出す姿が頭に浮かぶ。

何度考えても無茶苦茶な話だ。しかし不思議と馬鹿らしいとは思わなかった。彼が本当にずっと大盃をのぞき込んでいるのが分かるからだ。

「……いいですけど」

朱巳は元々頼まれたことは断らないタイプだが、今日のこれは今までにない不思議な感覚だった。

素直に山道に入り、車がぎりぎりすれ違える程度の道を自転車で登る。いい自転車だからか、思ったよりはきつくなかった。道もいいので、たまに本格的な恰好《かっこう》で走るサイクリストとすれ違う。

「清文さん、ママチャリで走ってると恥ずかしいんですけど、僕はどこに向かわされてるんです？　たまに通りすがる人に不審な目で見られるんですけど」

借りた自転車は町中を走ることに特化した自転車で、朱巳はロングティーシャツとスキニーという出《い》で立ちだ。通りすがりの人に物珍しげに見られるのも当然だった。

『他人の目なんて気にしない気にしない。でもそろそろかな。周囲に他に道はない？』

少し走ると車を止められそうな場所があり、そこから獣道に毛が生えたような細い道が見えた。

「途中に道っぽいのがあります」

『じゃあそこだと思う。人の行ける場所にいるはずだから』

「なら、もし誰かと一緒にいたとしても、自力で戻れるんじゃ？」

振り返ると街並みが見える。下ると迷う罠のような場所でないのだから、探し猫がいっしょにいるかもしれない人は、自力で帰れるはずだ。

『子供かもしれない』

「子供がこんな場所まで？」

『近くで渓流釣《けいりゅうづ》りができる場所があるらしい。大人でも迷ってしまうこともあるかもね』

「そんなことありますか？　普通にここから街が見えますよ」

たまに車も通るし、道があるから出てこられそうなものだ。

『考えたくはないけど人の悪意が絡《から》んでいるかもしれない。世の中というのは何があるか分からないからねえ』

「人の悪意？」

『誘拐《ゆうかい》されて閉じ込められていたりとか。まあそんなことがあったら、この辺りだと真っ先に私が頼られるからありえないんだけどね。姉が刑事をしているから』

「刑事さんですか」

占い師の姉が刑事。もしその刑事が、占いに頼っていたら少し嫌だった。

『刑事が占いに頼るなんて世も末だとか思っていないかい？』

揶揄《からか》うような声が聞こえた。その占い師に指示されて、ここまで来た朱巳は誰も見ていないのに首を横に振った。

「いや、守秘義務とかないのかなって」

『詳細は聞かないからね。私は依頼されたものがどこにあるか見るだけだ。遺体の一部でもないかぎりは、どんな事件が起こっているかは分からない』

「そうなんですか」

『さ、早く行こう。大人が動けない理由があるとすれば、怪我《けが》という可能性が高い』

「渓流釣りで怪我をして動けないって最悪じゃないですか」

死体とご対面はしたくなかったので、納得して先に進んだ。

占いはあまり信じていない方だが、不思議と反発はなかった。この先に誰かがいてもいなくても、猫がいてもいなくても、実際に足を運んで確認すればいいだけだ。

怪我人がいるかもしれないと言われて、馬鹿らしいと帰ってしまう方がありえない。ほんの少しの苦労で、怪我人なんていなかったと気持ちよく眠れるのだから。

朱巳は歩くうち、どこからか犬の鳴き声が聞こえて足を止めた。

「……犬の鳴き声がします」

朱巳は警戒して周囲を見回した。

『こんな所に？　本当だ、ワンワン聞こえるね。捨て犬かな』

現地にいる朱巳の気など知らずに、清文はさらりと言う。

『危険な感じはしないし、まあ気にしなくてもいい』

「何を根拠に」

『威嚇《いかく》する鳴き声って雰囲気じゃないだろ。猟犬でもない限り山では生き残れないし、捨てられたばかりの犬といったところだろうさ。危なければおカメちゃんといえども帰ってくるし、害はないんじゃないかな』

しかし犬の鳴き声には、さすがに怖《お》じ気《け》づいた。昔犬を飼っていたが、山にいる見知らぬ犬は怖いのだ。

『とにかく先に進むといいよ。おそらく、その犬の鳴き声がする場所にいるよ』

道の続く先から犬の鳴き声がするとは一言も言っていないのに断言されて、朱巳はため息をついた。

「マジですか」

『大丈夫。バイト一日目で怪我させるようなことはしないよ。うちの評判が悪くなる』

清文は穏やかに自分本位なことを語る。

『犬、好きなんじゃないのかい？　もし犬が怪我をしていたら？』

そう言われると罪悪感がわいた。怪我をした犬を、確認すらしないなど可哀想だ。

「ああ、もう！　進めばいいんでしょう！」

これでうなり声だったら前に進めなかったかもしれないが、その鳴き声が、昔飼っていた犬が、父が帰ってきた時に喜んで吠《ほ》える声に似ていたのだ。

老衰で死んでしまった雑種の犬を思い出しながら進むと、屋根が見えた。それは小屋の屋根だった。

「本当に小屋がありました」

『当たりのようだね。近くにおカメちゃんはいないかい？』

朱巳はまさか本当にと思いながら進む。だが、きっといるのだろうと疑っていない自分の方が大きいのだ。

どうしてそう思うのか、首をひねりながら小屋の前に出ると、朱巳はきょとんとして足を止めた。

犬がいたのだ。尻尾を振りながら『あんた誰？』とでも言いたげな間抜け面の犬が。

「小屋の外に、犬が紐《ひも》でつながれてます」

リードがなかったのか、短かったのか、ビニール紐でつながれていた。彼は朱巳に近寄ろうとしたが、そのビニール紐のせいで前に進めず、前足を空回りさせていた。逃げ出したらいけないとでも思ったのか、かなり何度も巻き付けられているので、首に食い込んで痛そうだった。

『紐で？　近くに人がいるかもしれないね。犬には触れずに、周りを探そう』

飼い主が怪我をして戻ってこないから、人の気配を感じて吠えたのかもしれない。

「とりあえず小屋の中見てみます」

『ああ。人がいた痕跡を探すんだ。自分で荒らしてはいけないよ』

「はい」

犬の周り以外に人がいた痕跡はない。小屋のドアノブは少し錆《さ》びていたが、ひねることができた。鍵はかかっていなかった。錆びて重いドアを引っこ抜くように開くと、中には色々な道具が置かれていた。ただの物置で、中で人が休めるほどの場所はない。

ていた。

「にゃあ」

しかし猫が休める場所はたくさんあり、その中の一つ、ドラム缶の上に猫が丸まっていた。

「お、おカメちゃん？」

「にゃあ」

三毛猫はのっそりと起き上がると、すっと床に下りて滑るように朱巳の足下をすり抜けて外に出る。

『ほら、おカメちゃんはいただろ？』

「……いましたね」

心の中ではいる気がしていたのに、得意げな声を聞くと少し悔しくなった。

背を向けた三毛猫は、頭と尻だけに模様があり、尻尾はとても短かった。

「……ジャパニーズボブテイルのトビミケです」

『おカメちゃんは可愛いだろう？』

猫好きなのか、先ほどよりもさらに自慢げだった。

「にゃあ」

カメは振り返り呼ぶように鳴くと、犬の紐が届かないギリギリの位置に座る。

「おカメちゃん、この犬どうしたの？　飼い主は？」

「にゃあ」

カメは顔を洗いながら鳴いた。

「にゃあか。僕にどうしろっていうんだろう」

『犬は？』

朱巳は犬を見た。どこにでもいそうな雑種だ。嬉しそうにしていたのに、近づくと警戒して低くうなり出す。

「怖くないよ。きみの飼い主はどうしたの？」

「にゃあ」

犬に話しかけているのにカメが鳴き、朱巳の背中に飛びついて、リュックの匂いを嗅いだ。

「こらこら、めざといな。猫って鼻いいんだっけ？」

『おやつをねだられたなら、探しに行く人がいつも食べ物を持っているからだよ。昨日から食べていないだろうし。おカメちゃんは自分で狩りしないタイプの猫だから』

「そんな猫がいるんですか。猫ってみんなハンターかと思ってましたよ」

友人は飼い猫に雀《すずめ》の死骸をプレゼントされたと笑っていた。他の猫飼いの友人もあるあるとみんな共感していた。犬はそんなことしないからよかったと思ったものだ。

朱巳は爪でリュックに穴を開けられる前に中身を出した。中には猫用のフードと、おやつが入っている。袋を開けて中身を出すと、慣れた様子で手から食べる。

そのとたん、うなっていただけの犬が吠えた。怒っているのではなく、舌を出して目を輝かせていた。

「ん、おまえもいるのか。でも、飼い主がいないのに勝手にあげたら……」

『その犬、弱っていたりしない？』

「弱って？　元気に見えますけ……」

犬は朱巳がカメにおやつをあげ続けていると、急に座り込んでぐったりとした。

「弱ってるかもしれません」

『じゃあ水とおカメちゃん用の餌をあげよう。あれだけ吠えてたなら、食べさせていけないほど飢えてはいないだろうから。犬は数日食べないぐらいは平気らしいからね』

朱巳は以前飼っていた犬も、あまり食べない時期と、よく食べる時期があるのを思い出した。食べない時はフードは全く食べず、水とおやつだけでもけろりとしていたのだ。

「この子、いつからいたんだろう」

『少なくともおカメちゃんがいなくなる前から』

カメは昨日いなくなった。弱っているのは水もなしだったからだろうか。

『水を与える前に、その犬はどんな感じだい？　首輪は？』

「ああ、住所とか書いてあることありますもんね」

名前だけでも分かれば、飼い主の手がかりになるかもしれない。

そう思い、犬を観察した。

「あれ……この子首輪してません」

『ハーネスとかは？』

「それもしてません。ビニール紐を首に巻いて、木に縛り付けています」

『え、ビニールの紐？』

「ほら、よくある新聞とか縛ったりする半透明の白とか青とか赤とかある、ビニールの紐です。なんかすごく頑丈に巻かれてます。紐がないから代わりかと思ってましたけど、首輪もないなんておかしいですよね」

何重にもして、逃げないようにしていた。わざわざ犬を連れてきたのに、何の用意もせず、こんな所にこんな風につないでおくのは違和感がある。

『犬の様子は？　虐待されてる感じとか』

「そういうのはないです。人に慣れてる感じがして、尻尾振って可愛いですよ」

『犬種は？』

「雑種です」

清文がうなった。

『響子さん、小屋の持ち主は？』

『見つかったわよ。さすが町内会長ね。奥さんがいるから、行方不明になってたらとっくに騒がれているよって』

朱巳が足を使って探している間にも、人脈を使って確認していたようだ。

『そこは渓流の釣りスポットには行きにくいし、山菜もまだ早いから、捨て犬じゃないかって、町内会長が言っていたわ』

朱巳はぎょっとして、手に持っていた封の開いた猫のおやつを落としかけた。

「え、でも、紐でつながれてますよ？」

『そうだね。でも、戻ってこれないよう紐でくくりつけて捨てる人がいると、テレビで見たことがあるよ』

清文は言いにくそうに、町内会長の意見を肯定した。

「え、なんでそんなこと……」

『保健所に連れて行くと自分が殺したようなものだし、責められるだろう。だから捨てるんだよ。紐に帰ってこないようにということだろうね』

「え？」

今はまだそれほど経《た》っていないから、犬は吠える元気があった。もしも数日後ならどうなっていたか分からない。

ただのビニール紐に込められた悪意の恐ろしさに、朱巳は身体が震えた。

「そんなの、保健所で殺処分されるよりも残酷じゃないですか！」

『それでも死体は確認していないし、誰かが確実に殺すわけじゃない。それに建物があるから、誰かが見つけて育ててくれるかもと思ったのかも。春だから、誰か来る可能性もある。この時期でないと採れない山菜もあるし』

朱巳は唇を噛《か》んだ。

『まあ、これは全部想像でしかない。ひょっとしたらたまたまそこを見つけた犬を連れてた山菜泥棒で、本人は崖から滑り落ちているとか、そういうこともあるかもしれない』

「安心できる想像ではないですね」

どんな可能性でも、心配ごとが増えるだけだ。

『まずはその子に水から。何か入れ物はないかい？　直接あげてはいけないよ。人懐っこそうでも近づいたら咬《か》まれるかもしれないからね』

「はい。小屋の中探してみます」

朱巳は小屋に戻り、犬が顔を突っ込みやすそうな入れ物を探した。バケツがあったが、大型犬でもないので飲みにくそうだ。もう少し小さな物がいい。

「にゃあ」

カメが鳴いた。彼女は立てかけられたシャベルの隣に座っていた。まるでこれを使えとばかりで、気味が悪いほどだ。

しかし持ち手があり、柄が長いから咬まれる心配もなく、水も入れられる。

「この猫ちゃん、何なんですか」

『さあ。不気味なほどにタイミングがいいから尻尾のない猫又だって言われてる。悪さはしないし、教えてくれるだけだから守り神だって可愛がられているよ。うちでは猫のお守りを売ってるんだけど、おカメちゃんがモデルのが一番人気なんだ』

カメはクアッとあくびをして、後ろ足で首を掻《か》く。まるでさっさとやれと言わんばかりだ。

朱巳はシャベルのほこりを払い、水を入れて犬の前に差し出した。すると犬は尻尾を振って水を飲む。あっという間になくなったので、ペットボトルから追加を注ぐ。

「これ食べるか。猫用だけど。清文さん、犬に猫用のフードって大丈夫ですよね？」

『猫用は犬用より塩気があって味が濃いらしいけど、一回ぐらいなら大丈夫だよ。おカメちゃんのは老猫《ろうびょう》用だから、塩気も薄そうだし』

「分かりました」

再び空になったシャベルに、試供品の猫用フードをあける。するとそれもあっという間に食べてしまった。すると犬は尻尾を振って朱巳を見上げた。目がキラキラして、昔飼っていた犬の花子を思い出す。

「うまかったか？」

怖がらせないようにそっと下から手を伸ばすと、大人《おとな》しく撫でられた。

「素直に撫でさせてくれました。やっぱり人に慣れてますよ」

『そうか。咬みそうにないなら、そのまま連れてきてくれるかな。自転車の籠に入る大きさ？』

「なんとか。おカメちゃんはどうしましょう」

『おカメちゃんはリュックの中でいいよ。猫なんて狭い場所大好きだし』

リュックの口を広げると、カメはその中に飛び込んだ。狭い場所が好きな猫には、悪い環境ではないようだ。

「よしよし、こんな所すぐに離れような」

犬の喉を撫でるとちぎれんばかりに尻尾を振る。

こんな可愛い犬を餓死させようという悪意しか感じられない方法で捨てた人間がいるとしたら、どんな気持ちでやったのだろう。

（考えても理解できないな）

自分はそんなひどいことはできない。飼えなくなったらなんとしてでも里親を探すし、そもそも捨てなければならなくなるような生活なら生き物は飼わない。

「里親探しかぁ。どうやるんだろう」

『それは私の友人に聞けばいいよ。あっちが猫を押しつけてくるのだから、犬を押しつけても罰は当たらない。犬の里親探しは慣れたものだよ』

先ほどの若い獣医だと気づき、朱巳は笑った。清文は逆に猫を世話して、里親も探しているのだろう。

◆◇◆◇◆

朱巳が戻った時はすでに日が暮れていた。

「ごめんね。日が暮れてしまったよ」

座敷牢の中で待っていた清文は、すまなそうに謝罪した。

「日暮れまでって言ったのは見つけるまでですし、大丈夫ですよ。妹には事情を説明したんで、友達と外で食べてくるって。アパートなんで飼えませんけど、引き取り手が見つからなかったらうちで飼えばって言ってたぐらいです。」

朱巳は庭の木に紐をくくりつけながら言う。またくくりつけるのは可哀想だが、世間は犬には厳しいのでこうしておかなければならない。今度はビニール紐ではなく、以前飼っていたという古い犬用の首輪と紐を文仁に借りてきた。

「妹さんも犬派なのかい？」

「いや、魚派です。熱帯魚飼ってるんです。妹は熱心なアクアリストなんですよ」

「熱帯魚か。確かに可愛いし、猫は敵だね。私も金魚は飼ってみたかったんだよ。ほら、この部屋に合うだろ、金魚鉢って」

清文は普通の三毛猫を撫でながらすね気味に言う。

「一緒に飼うのに合わない動物っていますからね。猫も可愛いですけど」

先ほど拾ってきた犬なんて、離れようとするとキューンキューンと鳴くので離れられないほど可愛い。

「本当に人慣れしたワンちゃんね。可愛いわ」

カメの飼い主である響子も犬を撫でた。

「賢いわねぇ。ほら、お手、おかわり。よし、いい子ね」

響子は一撫でしてからゆでた肉を差し出した。肉は冷凍庫にたくさんあったので、その中のどれかを煮たのだ。

「にゃあ！」

「おカメはイノシシ食べないじゃない。家に帰ったらササミをあげるわよ」

朱巳は冷凍庫にやたらと入っていた謎の肉の正体を知り、何の肉か分からなかったことに納得した。

「あれイノシシ肉だったんですか。なんであんなに？」

「近所の畑を荒らしてたイノシシの末路だよ。猟友会の人にもらったんだけど、いつもなら調理してくれる芳美さんがいなくなって、そのまま忘れていたんだよ。私にできるのは焼くことだけだし、父はそれにレンチンが増えるだけだ」

ネットで調べればいくらでも調理法など出てくるが、それを実行できるなら人を雇ったりしない。

「美味しいか。明日、僕も作ってみるよ」

「わん」

雑種というのは血統書付きにはない素朴な可愛らしさがある。生まれのいい犬よりも頑丈で病気をしにくい所がいい。前に飼っていた犬は父が学生の頃から飼っていたらしく、かなり長生きしてくれた。死んだ時には泣いたが、長生きしてくれたから悔しくはなかった。

「朱巳くん、明日でいいから、亮介《りょうすけ》さんの所……動物病院に連れて行ってくれるかい。元気そうだけど山の中にいたなら、蚤《のみ》とかついてそうだし、家に上げられない」

「分かりまし……あ、そういえば」

動物病院と聞いて、ふと思い出した。

「犬を探しているチラシが貼ってあったんです。確かあれ、こんな感じの雑種」

「なるほど。だから動物病院も見えたのか」

清文は納得することがあったらしく頷いた。

「朱巳くん、私のスマホで田川《たがわ》亮介にかけてくれないかい」

「はい」

朱巳は座敷牢の外に置いたままにしてあったスマートフォンを手にし、名前で検索して目当ての番号を選択した。しばらくすると、スピーカーから声がした。

『清文、どうした？　おカメちゃんに何か？』

「いや、おカメちゃんが山の中で木につながれた犬を見つけてね。その子がよくいるような雑種で、そちらに貼ってあったチラシの子に似ているかもって」

『マジかよ。終わったらそっちにすぐ行く』

「ああ、そうだね。チラシを作って貼っているような飼い主なら、早く知らせてあげたいし」

通話が切れると、犬を撫でていた朱巳はそわそわして立ち上がった。

「この子がその迷い犬だといいですね。少なくとも飼い主には愛されているんだから」

飼い主が心配して探しているというなら、この犬にも救いがある。この人懐っこくて愛らしい犬が愛されていないはずがない。もしチラシを貼った人が飼い主でなかったら、探さなければならない犬と飼い主が増えてしまうから、丸く収まることを強く願った。

「それだと誘拐事件になるけどね。山に捨ててくるなんて嫌がらせを受ける飼い主だ」

朱巳はそれを思い出して唇を引き結んだ。

子供が子犬を拾ってきたから元の場所に捨てに行く、というのなら理解の範疇《はんちゅう》だが、どんな恨みがあったらそんなことができるのか想像もつかなかった。

◆◇◆◇◆

翌日の夕方、神社に来客があった。

文仁に呼ばれて朱巳一人で犬を連れて境内に行く。

社務所の前で清文と同じぐらいの年頃の若い男女が待っていた。一人は長い黒髪の清楚《せいそ》な美女で、その後ろに気のよさそうな洒落《しゃれ》た男が立っていた。

「タクっ」

若い女は犬を見ると目を輝かせて手を広げた。すると紐を外していた犬は、彼女に向かって一直線に走り出した。

その喜びようと、昨日のあんなひどいことをされているのに人を疑わない姿を思い出すと、どれだけ愛されているのか分かって少し目が潤んだ。

「本当に飼い主さんだったんだ。よかった」

「ワンちゃん、すぐ飼い主が見つかってよかったねぇ。世話して情がわいちゃったけど、やっぱり飼い主さんと一緒にいるのが一番だ。彼女も心配だったろうから、早く知らせられてよかったよ、うん」

文仁は嬉しげに頷《うなず》いた。朱巳がいない間は彼が面倒を見ていたようだ。

「タク、なんか綺麗《きれい》になってる？　ふわふわね」

「ああ、すみません。山の中で見つけたって聞いたから洗ってしまいました」

文仁は慌《あわ》てて謝罪した。

「いえ、そんな。保護してもらっただけでなく、そこまでしていただけるなんて。ありがとうございます」

女性はタクを撫でながら頭を下げたりと忙《せわ》しない。

「いえいえ。うちには猫と鶏ぐらいしかいませんが、昔は犬も飼っていたから、子供の頃を思い出して楽しかったですよ」

いつも猫に囲まれている猫神社の宮司《ぐうじ》は、猫だけではなく動物好きのようだった。

「麗華《れいか》、そろそろ行こう。ここの神社にいると機械が壊れるって有名なんだ」

連れの青年が飼い主の女性の肩を叩いた。すると文仁がからから笑った。

「大丈夫ですよ。壊れる原因ははっきりしているので、勝手に家の中にでも入らない限りは壊れませんから」

「え、マジで壊れるの？　呪われてるのかよ」

「いやぁ、一部の場所で特殊な電磁波みたいなのが出てるとか何とかで。まあ、そういう土地だからこそ、神社が建っているんですよ。昔の人は何かあるとすぐに怪奇現象のせいにしましたからね。山の方に行かない限り大丈夫です」

朱巳は怪奇現象を電磁波のせいにして笑う宮司の横顔を見た。誤魔化《ごまか》すためではなく、面倒臭いから適当に言っているような気がした。

清文を見たから、そう思ってしまうのだろう。

「父さん、仮にも神主なのだからもう少し言い様があるのでは？」

春のそよ風を思わせる、涼やかな声が境内に響いた。

「ああ、こんなに美しい女性が飼い主だったとは、君はなかなか幸せな子だね」

相変わらず猫を被ると雰囲気が変わる清文は、飼い主の顔を舐《な》めるタクに微笑《ほほえ》みかける。地面に転がり、飼い主に飛びつきと、喜びを全身で表していたタクは、尻尾を振って振り返り、清文の足下にじゃれついた。

「こらこら。これは一点物だから傷つけないでおくれよ」

清文はしゃがみ込み、タクの喉を撫でた。

その清文の姿を見て、朱巳は言葉を失った。

「なんだ、こいつ。変な恰好だな。何のコスプレだよ」

朱巳が心の片隅で思ったことをずばりと口にしたのは、麗華の連れの男だ。黙っていた時は人が良さそうに見えたのだが、存外口が悪いようだ。

清文は昨日も今日も着物を着ていた。それだけでも一般人からすれば普通ではないが、しかし今の彼の衣装は、普通ではないどころではなく、異様な物だった。

彼が着ていたのは札が連なった羽織だった。それだけでなく、頭にも札がついた布がかけられて、札がぐるぐる巻かれている。少しミイラっぽくも感じる。

何か怪しい儀式をするのでなければ、趣味で着ていると思われても仕方のない恰好だった。

「コスプレだなんてひどいな。数百年受け継がれてる伝統ある衣装なんだよ。もうすぐ祭りが近いからね」

本人が背筋を伸ばして堂々としているので似合っている。祭りのためと言われれば、そうなのかと納得しそうになる。

「あの、おじさん、出てきて大丈夫なんですか？」

朱巳は隣に立つ文仁に問いかけた。彼の懐《ふところ》にはスマホが入っているはずだ。

「あの衣装はみかがみ様が外に出る時に力を封じる装束だから短時間なら大丈夫だよ。いわば着る座敷牢かな？」

「父さん、斬新なジャンルを誕生させないで。人聞きがいいように祭壇って言い続けたご先祖様にお叱りを受けるよ」

清文は父親を睨み付ける。

「斬新な祭壇ってジャンルを生み出しているのはいいのかな？」

「いいんだよ。ご先祖様の言う通りって言うだろ？　君のご先祖様でもあるんだよ」

清文は朱巳を睨み付けて言い聞かせる。先祖代々言い張ってきた方を採用するのが子孫としては正しいのだが、自分も子孫と言われると少し複雑な気持ちになった。

「なぁ、麗華。本当にあれはタクなのか？　君よりあの男に懐いてるじゃないか。似たような見た目の犬なんて山ほどいるし、見分けなんてつかないだろ。体《てい》よく押しつけられてるんじゃないか？」

清文にまとわりついているタクを見て、麗華の連れの青年が水を差した。

「見分けがつかないはずないでしょ。この顔、模様、尻尾、白い靴下、間違いなくタクよ！　タクは人懐っこいの。懐かれないあなたが珍しいんだから」

当然、飼い主は反論した。タクはどこにでもいそうな顔をしているが、それでも個性はある。見慣れた飼い主に分からないはずがない。

何か援護でもした方がいいだろうかと考えていると、清文が笑い出した。

「ははは、タク、きみが人懐っこいから何か言われているぞ」

「ワンッ」

「よしよし。一宿一飯の恩を忘れない、いい子だね君は」

朱巳はちらりと清文を見た。彼はタクを撫でながら、男を見ていた。

――同じ飼い主として気に食わないのかな？

彼は美人が好きそうで、その美人の恋人らしき男がこれでは、忌々《いまいま》しく思うのも無理はない。本当にこの男でいいのかと、朱巳ですら思うのだから。

「ところでお嬢さん、一つ残念なことについて話をするために私がここまで見送りに来たんだ」

「残念？　まさかどこかに怪我を⁉」

麗華は慌ててタクへと駆け寄った。しかし座り込む前に清文はそれを手で制した。

「いや、この子を保護した状況だよ」

獣医の亮介が来た時、朱巳は夕食の支度をしていたためどのように飼い主に報告したのか知らなかった。彼らはただ見つけたから迎えに来るようにとだけ知らせていたようだ。

「たまたま通りかかったこちらの朱巳くんが、山の中で犬の鳴き声が聞こえて保護したんだけどね、木にビニール紐でくくりつけられていたんだ。執拗《しつよう》なぐらい頑丈にね」

占いで探しに行かせたとは言わないようだ。

境内で猫を愛《め》でながら聞き耳を立てていた近所の老人達も、朱巳と同じことを思ったのか、とぼけたことを言う清文を見て笑いをこらえながら、じりじりとこちらに寄ってきていた。彼らは猫達を愛していると同時に、とても退屈しているから、この騒動はいい退屈凌《しの》ぎだろう。

朱巳は老人達から、当事者二人へと視線を戻す。麗華は理解できずぽかんと口を開けていた。連れの男はわずかに目を細めただけだった。

「朱巳くんが保護していなければ、最悪はそのまま死んでいただろうね。君はそんなひどい飼い主ではなさそうだから安心したけど、飼い主が捨てたのでなければ、この子にあんなひどいことをした人が他にいるということになる」

「そんなっ」

麗華はタクがどれほど危険な目に遭っていたか理解して、顔色を変えた。

「心当たりは？」

「そんな、ありません。そんな怖いことをする人がいるなんてっ」

麗華は震える自分自身を抱きしめて、首を横に振る。

人に嫌われたことがない人間などいるはずはないが、飼い犬を殺そうとするほど恨まれることは少ない。

「じゃあ、すぐにでも警察に相談した方がいい」

朱巳は清文の助言は当然だと思った。動物に危害を加えるおかしな人間が野放しになっているのだ。警察に相談するのは当然のことである。

しかしそんな当然と思われる意見に、反論が出た。

「警察だなんて、犬一匹のためにそんな大げさな。警察はこんなことじゃあ動いてくれないだろ。人間が被害に遭っても動いてくれないっていうのに」

もちろん連れの青年だ。彼は顔をしかめていた。

確かに警察というのは犬が連れさらわれても取り合ってくれないかもしれない。

「なんなら知り合いの刑事を紹介してもいいよ。姉が刑事をしているから、担当部署ぐらい紹介してもらえるはずだ」

「刑事なんて、それこそ大げさすぎるだろ。これからは庭に出さないようにすればいいんだ。警察なんかに言ったって、時間だけ浪費するのに成果なんて期待できたもんじゃない」

ペットの大切さは飼ってみないと分からないものだし、ペットだけの問題ならそうやって諦める人が多い。手間がかかるだけで成果が出ないから。

しかし清文は大げさな身振りで首を横に振った。

「大げさなんてとんでもない。鳴き声がうるさければ近所の人がやったのかとも考えたけど、この子は無駄吠えしないし、咬まないし、猫達に悪戯《いたずら》されても遊んでやる優しい性格だ。よく仕付けられていてとても賢い。そんな無害な犬に狙われる理由はない。あるとすれば、狙いが麗華さんの場合だ」

清文はタクの喉から手を離し、立ち上がりながら言う。

「え、私が?」

「もちろん動物を虐待する異常者にたまたま狙われたという可能性もあるけど、それにしては痛めつけてはいなかったからね。麗華さんは恨まれていたり、ストーカーなんかに狙われている覚えは?」

「そんな覚えは……」

彼女は考え込み、首を横に振る。

「そこまでする人に心当たりはないわ。彼と付き合ってからは、みんな祝福してくれているし」

「しかしあなたほどの美人なら、一方的に好意を向けられてもおかしくはない。今まで痕跡を残していないだけかもしれない」

清文はちらりと連れの青年を見た。

「失礼だけど、彼氏さんを見て反発を覚えた男性もいたろうし」

そうなのだろうかと、朱巳も彼をよく観察した。第一印象を良くするのに必須だという清潔感のある恰好をしている。見た目はとても好青年だ。しかし見た目だけだ。

彼はタクのことを否定して、顔をしかめていた。そういうような姿を見る機会があれば、どうしてこんな男と付き合っているのだろうと不満に思ったかもしれない。

「本当に失礼だな」

青年は頬を引きつらせて言った。

「申し訳ない。ですが、あなたはこれみよがしに分かりやすくブランド物で身を固めていらっしゃるので、反感を持たれるのではと。麗華さんは高品質な物でも、控《ひか》えめに身につけているから余計に」

朱巳は青年の服装に注目した。シャツの値段は分からないが、ジャケットと靴は高そうだ。腕時計など見事に金ぴかで、いかにも数百万しそうな高級品に見えた。清文がこれみよがしと言うからには、朱巳でも知っているような高級腕時計だろう。

「下の駐車場に派手な外車が止まっていますが、あなたの物ですよね。俗世に疎い私でも分かる高級外車。きっとお二人とも裕福な家庭に生まれたのでしょう」

清文のいる離れの庭からは駐車場が見える。派手な高級外車と聞くと、ヤクザが乗っていそうな黒くてスモークの張られた自動車や、いかにもな赤いスポーツカーしか思いつかない朱巳には、縁のない世界だ。

「飼い主さんも？　なのに雑種を飼ってるなんて珍しいですね」

彼女はお嬢様っぽい落ち着いた所作を身につけている。育ちがいいのだ。そんな人があえて雑種の犬を飼っているのは好感が持てる。

「飼おうと思って飼ったんじゃなくて、子犬の頃に捨てられているのを拾ったの。保健所に行ったら殺されるって聞いたから飼うことにしたのよ。縁があったって言うのかしら」

麗華は優しい手つきで、足にすり寄ったタクを撫でた。清文の時はただ嬉しいといった雰囲気だったが、彼女が相手だと確かな信頼が見えた。

彼らは間違いなく、飼い主と飼い犬だ。朱巳は嬉しくなって話しかけた。

「うちで前に飼ってた雑種の犬も、そんな理由で飼ってたらしいです。そういうのやっぱり多いんですね」

「君も犬を飼っていたことがあるの？　タク、いい人に見つけてもらって良かったね」

タクは話を聞くそぶりもなく飼い主にすり寄る。昨日の人間を見つけて喜ぶ目や、飼い主が見つからない寂しげな目を思い出すと、よかったなと撫でたくなった。

「でも、あんなひどいこと、本当に誰がやったんでしょうね。こんなに可愛い子に」

タクは飼い主に身体をこすりつけ終えると、彼女の斜め後ろに立つ青年を威嚇するように低くうなりつつ睨み付けた。

「どこが人懐っこいんだか。狙われたのは可愛くない雑種だからじゃないのか」

赤の他人には懐いているのに威嚇されてしまい、彼はふてくされて言った。

「どうして、そんなこと言うの？」

麗華はタクを抱きしめて彼を睨み付けた。

「そのガキの言う通り、その犬は君には不釣り合いなのは間違いないだろう」

「は？　僕はそんなこと言ってませんよ。タクは下手《へた》な血統書付きの犬より賢いですから」

ガキと言われたことに苛立《いらだ》ちながら反論した。麗華も愛犬を悪く言われてむっとして恋人を睨んだ。すると清文はくすりと笑う。

「確かに彼女のような人にはもっと上品な犬が似合うと思う人が、いたのかもしれないね」

「清文さんまでそんな勝手なこと」

「ストーカーの類《たぐ》いが身勝手でないはずがないからね。可愛らしい血統書付きの小型犬の方が似合うと思ったかもしれない。そういう子も可愛らしいからね」

「そりゃそうか」

人を人と思わないからストーキングなどできるのだ。だから命を命と思っていなくても仕方がない。

「何にしても飼い犬に手を出したなら、最後は本人に手を出す可能性を否定できないから心配だよ」

「そうですよね。動物をあんな風にできる人が、麗華さんに何かしたらと思うと怖いですよね」

やはり警察に相談すべきだ。

「あ、近くに防犯カメラとかないんですか？」

「あるんですが、防犯カメラには何も映っていなかったんです」

文仁の提案に麗華が残念そうに首を横に振る。

「だったら、山の方に行く道にあるお宅の防犯カメラを調べればいいんだ。平日にトラックや近所の人以外の車はあまり通らない場所だからね。怪しい車は絞れるかもしれない。目星が立てば警察も動きやすいんじゃないかな」

清文が提案した。彼は微笑みながらその視線はさりげなく麗華の恋人に向けられていた。その視線に気づいた青年は舌打ちする。

「そんなに上手くいくはずがないだろ。動物は物扱いで、雑種は価値がないから殺されてもほとんど何もできないって聞いたことがある。防犯カメラなんてプライバシーの塊《かたまり》だろ。そんな犬のために、そこまでしてもらえると思うのか？」

彼は話を理解していないとしか思えないひどいことを言った。面倒臭いと思っていても、そのように言ってはいけないことは、女心には疎い朱巳にも分かる。

「それは民事の損害賠償の話だよ。私は法律のことは詳しくないけど、動物は捨てるだけで罪になるからね。それ以上となれば懲役もつくはずだ」

「え、懲役⁉」

「そうだよ。うちはよく猫を捨てられるから調べたのだけど、昔よりも厳しくなっているらしいね」

猫達は可愛がるが、ボランティアで避妊手術を受けさせて、増えないように努力しているらしく、猫を捨てようとしている人は警察に通報すると脅《おど》しているらしい。猫のお守りの売上の一部は、そのために使われているのだ。

「それに近所の人達だって、犬を誘拐するひどい人間が近くにいるのは怖いだろう。ここらで防犯カメラなんてつけているのは家庭のある家だ。そんな恐ろしい人間は捕まって欲しいはずだから、協力してくれるさ。うちは見ての通り神社だから、この辺りでは影響力がある。もし警察が当てにならなくても、きっと力になれるよ」

彼は足下に集まってきた猫の一匹を抱き上げ、冷ややかに笑った。腕の中の猫と、集まってきた猫達は、清文を支持するようにじっと青年を見た。

その数が一匹二匹ならいいが、神社の中にいる猫達が集まってくるように、一匹一匹と増えていくのだ。

昨日のカメのおかしな行動を見た朱巳ですらも、それに気づくと思わず文仁の腕にしがみついた。

「なんだ、この不気味な猫は」

青年は後ずさり、足下に猫がいるのに気づくと飛び跳ねた。

「ひっ、あっち行け！」

野良猫たちは踏まれないようにしながら、彼を取り囲む。

「この子達はご近所で保護しているただの野良猫たちさ。知らない人が来ると餌をもらえると知っているから囲んでいるだけだよ」

「そんなわけあるかっ」

状況を言葉で聞くだけなら、なるほどと納得したかもしれない。しかし現場にいると、それだけではないと理性と違う本能の部分が告げていた。

清文の腕の中の猫も同意するように「にゃあ」と鳴いた。それが人の言葉を理解しているかのようなタイミングで、清文の説得力のない台詞もあって、彼らが持つ独特の神秘的な雰囲気を幽霊のような不気味な物に変貌させた。猫とは愛らしいが、ホラー映画に出れば、そこにいるだけで不気味な存在と化すほど神秘的な存在なのだから。

清文がただ歩いているだけで幽霊扱いされるはずだ。このように猫達を引き連れた髪の長い和服の男がいたら、ただの和服の男よりもさらに怖いはずだ。

「……ねぇどうしてそんなことを言うの？　荷物の中にタクのおやつもあるから、別に変じゃないじゃない」

麗華は戸惑いの目を自分の恋人に向けた。彼女には、この不気味さが感じられていないように見えた。

「動物好きだって言っていたじゃない。タクのことだって一緒に心配してくれていたのに」

「し、心配していたさ」

青年の言葉はとても信じられるものではなく、麗華も眉をひそめた。

「じゃあタクを誘拐した犯人を見つけるわ。もしその人が私や、私の身の回りの人に何かしたら、あの時にああしていればって後悔することになるでしょ。そんなの嫌じゃない。警察に捕まえてもらいましょう」

麗華は恋人に不審の目を向けて、タクを抱きしめて言った。

「つく……あの、そのだな」

男は決まりが悪そうに視線をそらし、言葉を探す。清文はにたりと笑う。

「おや、どうしましたか？　先ほどから警察に行くのを阻止しようとしていますが、何か不都合が？」

清文は猫を撫でながら、優しげなままの声で言う。それが猫達の視線と同じぐらい不気味だった。

「まさか……あなたがやったの？」

麗華は信じられなさそうに問うも、彼は上手い言い訳を考えつかなかったのか、返事をしなかった。その沈黙は、それが答えだと言っているも同然だった。

「そんな、どうして」

「俺は、汚い動物は嫌いなんだ」

すらりと出てきた言葉に、皆ぎょっとした顔になった。

「タクは、汚くないわよ！」

「汚いだろ！　室内飼いの小型犬ならともかく、そんなみすぼらしくて汚い犬を俺達の新居に連れてくるなんてありえないね！」

清文は朱巳に視線を移して肩をすくめた。最初から清文は疑っていたようだった。このやりとりも、彼の本音を引き出すためにしていたようだ。

もしぼろを出さなければ、提案を実行していただけだ。映像を確認するのは朱巳の仕事になっていたかもしれなかった。そうなると理解したから、彼は本音を吐いたのだ。証拠を突きつけられるその時までとぼける人間もいるが、彼にそれほどの度胸はなかったようだ。

「……そう。結婚する前に価値観の違いが分かってよかったわ」

彼女はため息をついて首を横に振った。

「私はこの子がいなくなっても、きっと引き取り手を探している雑種の子をもらってくるわ。だから別れましょう」

「はあ？　たかが犬のために？」

たかがなどという言葉が出てくるのだから、致命的に合わないようだ。

気に入らないからと犬を山に紐でつないで捨ててくるような男とは、気が合わなくて当然だが。

「俺と別れてどうするんだ。うちは君の親の取引先だぞ。どれだけ周りを気まずくするか」

「親のことは関係ないでしょ。いつ結婚するか決めていたわけでもないし、結納すらまだなのよ。そうならないように話し合えばいいでしょ。最低ね」

朱巳は顔をしかめて清文を見た。すると彼は優しく頷いた。

「ああ、取引先と言われる場合、だいたいは取引先が立場は上なんだ。つまり今まで猫を被っていた彼は、それがバレたとたんに親の七光りで脅しているのさ」

清文は猫を撫でながらよく響く声で囁《ささや》いた。彼の声は大人しげに聞こえるのに、不思議と遠くまで通り、よく響き聞き取りやすい。

「いや、止めて欲しかっただけで説明を求めて見たわけじゃないですけど……そういうことですか」

清文の説明で、思った以上に複雑になったことを知り、さらに困った。

「困ったなぁ。何かお知恵はありませんか？」

清文はふいに盗み聞きしていた老人達に声をかけた。

「そういうことはおれじゃなくて……おおい、着たな！」

老人達は石段の方に手を振った。彼らが呼んだのか、いつの間にか新しく老人がやって来た。最初に見えたのは二人だったが、そこから先は続々と石段を人が上ってきた。老人だけではなく、若者もいる。その中には、昨日出会った肉屋の女性もいた。

「え、なんでこんなに人が？」

「彼らはこの神社の猫愛好家会の会員だよ」

猫達は近所の人々が面倒を見ていると言っていたが、それでも呼ばれたからといきなり十人以上も人が集まるのは、異様に思えた。

「な、なんなんださっきから！」

当然、その中心にいる麗華の恋人は朱巳以上の違和感を覚えているはずだ。彼は老人達に背を向けていたから、彼らが話を聞いているのに気づいていなかった。猫に続いて集まってきた人間達が、不気味に見えて仕方がなかっただろう。

「私達？　おカメちゃんが助けた幸運なわんちゃんを見送りに来たのよ」

少し遅れてやってきたカメの飼い主の響子が言った。カメは隣をついてきた中年の男が抱いていた。

「なんでも恋人が飼ってるワンコが雑種なのが気に食わなくて、山に捨てたらしいんだよ」

「あら、それでおカメちゃんが迎えに行ってあげたのね。ほんと、デバカメねぇ。どうしてこう、トラブルが好きなのかしら」

響子はころころ笑ってカメを撫でた。

謎の名の由来がそんな所から来ているとは思いもしなかった。

「ん、あんた、北村《きたむら》んとこの長男じゃないか！」

やってきた五、六十代の男が、麗華の恋人を見て言った。

「北村って川向こうの？」

「そうだよ。あいつは俺の大学の後輩だから、息子のことをガツンと言ってやるよ」

「ちょっ⁉」

世間は狭く、とんとん拍子で話が進み、作業着の男が電話をかけ始めた。

あまりに早い展開に、清文がクスクスと笑った。

「あの……こういうの、よくあるんですか？」

朱巳は何もかも分かっているような顔をする清文に訊《たず》ねた。

「そうだよ。猫を捨てる人には、囲んで身元を把握して説教するのが一番だからね。それで知り合いの知り合いでもいれば脅しがいもあるし、里親探しの様子見もしやすいよ。世間は狭いからね」

そうやって猫を救っているようだ。猫は可愛いが、増えすぎたら養えなくなるから、捨てさせないことが一番大切だ。

「それにここらは治安がいいけど、だからこそ子供がいる家庭が多いんだ。大事件につながりそうな犯罪の芽には敏感なんだよ。ほら、旗を持って道に立ってる人とかいるだろ。商店街の中でも。今集まっているのはそういう人達だよ」

「そのわりに集まり方が早いような……まあ、いいですけど」

商店街の結束が固いのはよく分かった。そうでなければ他の商店街の例に漏《も》れず、シャッター通り化してもおかしくない。

「おい、ぼうず。親父さんがおまえに代われってよ」

「つく」

麗華の恋人——元恋人は、押しつけられたスマートフォンに仕方なく耳を当てた。

「麗華さん、これだけの証人があれば、相手がどんな人であれ大丈夫だよ。地元の人間の目を無視して商売できるのは大都会だけだ」

清文はぽかんと様子を見ていた麗華に声をかけた。彼女は首を傾げ、足下で座るタクを見て、困ったように笑った。

「そうですね。父もご近所の目は、とても気にしていますから」

ここは田舎《いなか》というほど田舎ではない。しかし都会から見れば田舎。田舎の気質を持った、微妙な小都市だ。商売に人間関係は切っても切り離せない。

「さて、後は父さんに任せていいかな？　あんまり長居して誰かの電子機器を壊してしまったら大変だ」

清文は文仁の懐を指さした。

「ああ、後はいいようにしておくから。清文は被害を出す前に部屋に戻りなさい」

着る座敷牢も完全には信じられていないようだ。

「それでは皆さん、私はこれで。後のことは説明を含めてよろしくお願いします」

「はい。みかがみ様もお休みください」

近所の人々に挨拶《あいさつ》して清文はきびすを返した。

「さて朱巳くん、せっかく私が外に出たから、帰りがてらにこの神社の案内をしようか」

「案内ですか？　おじさんにしてもらいましたよ」

「境内の周辺だけだろ？」

「案内するほど広いんですか？」

「この山はうちの土地。第二駐車場付近に保育園があるんだけど、あそこまでうちの土地。私の姉が園長をしているんだ。だからたまに保育園児も猫を見にくるから」

「へぇ、お姉さんが。ずいぶん若い園長先生ですね」

「上の姉とは一回りも歳が離れていてね。まあ、母がなくなってしまったから仕方ないさ」

気まずいことを言わせてしまい、朱巳は言葉を詰まらせた。清文は気にせず続ける。

「山の上の方にも社《やしろ》はあるし、離れているけど墓地がある場所も実はうちの土地だ。夏ともなればこの辺りの人ではない若者達が、女の子を連れ込んで罰当たりなことをするから、わざわざ見回りをしなければならない。こんな所に来る不良リア充など、恐怖におののき逃げ惑って、恋人を置いて逃げて振られてしまえばいいんだ」

清文は猫達を引き連れて歩きながら、拳を固く握りしめた。

「そんなことしてるから、怪談話が広まるんですね」

彼は恋人達の持っている光源であるスマートフォンを破壊して悦に浸っているのだ。怪談話が広がらないはずがない。

「大丈夫だよ。大抵置いてかれてく彼女さんを保護するからね。普通に神社のものですって声をかければすぐに安心してくれて、男の情けなさを言い広めてくれるのさ」

「まあ、よく聞く笑い話ですけど、スマホが壊れた部分は怪談として広まりますよ。

さっきの人も知ってましたし」

「馬鹿な連中以外は誰も本気にはしない。本気にしていないから、そんな場所にのこのこやってくるんだよ。夏というのは、どうにも若者の気を大きくするらしいしね」

長年、カップルクラッシャーをしている気配のある人物が言うと説得力があり、朱巳は納得した。

「まあ、僕はそういう人が来る時間はいないからいいですけど」

やりたいなら好きなだけ不法侵入の非常識なカップルをクラッシュすればいいとさえ思えた。

「ほうほう。そういうことを言うってことは、ここで私に使われ続ける気があると思っていいのかな？」

夏までいるつもりに聞こえる会話をしたのに、はたと気づいた。

なんとなく言われるがままバイトに来ていたが、今は試用期間だったのを思い出した。

「まあ、他に当てもないですし、おカメちゃん探しはなんだか楽しかったですし、僕で良ければ」

可愛い猫と可愛い犬に出会えて、いいことをしたような気分になれた。その充実感は、今まで体験したことのないものだった。

「ああ、楽しかったんだ。それならよかった。君のように動かしやすい身内は少ないからね」

「う、動かしやすい？　どうせ僕は単純ですよ」

朱巳はさぞ単純で騙《だま》しやすいだろう。友人からも、もう少し他人を疑えと言われたこともある。

しかし清文は首を横に振った。

「そういう意味ではないよ。ほら、みかがみ様は血筋に生まれると言ったろ。だから、動いてくれる目印は身内の方が探し物の場所が分かりやすい」

「目印ですか？　僕が？」

「そう。分かりやすく言うと電波がよくなる……性能のいい中継器かな？」

「中継器……」

「そう。君が探し物に近づけば、私にはそれが分かる。今は携帯電話があるから誘導しやすいけど、昔はそんなものなくても誘導していたらしいよ。文明の利器を手に入れてしまった私には、そんな時代でどうやっていたかは想像もつかないけど」

朱巳は首の後ろに手を当てた。

「中継器かあ」

あの時の霞《かすみ》がかったような、もやもやした感覚が腑に落ちたような気がした。

「信じていなくても別にかまわないよ。私のことはよく当たる占い師だと思っていれば間違いではないからね」

「信じていなくてもいいんですか？」

信じていなければ、胡散臭いことに付き合っていけるとは思えなかった。

「私はゆるゆるとした生活が望みだからねえ。神様みたいに敬ってくる人が身近にいると疲れるし、胡散臭く思ってくれた方が気が楽だ。前にいた芳美さんは性格的にも動かしやすい人ではあったけど、それは他人のトラブルが大好きなだけだったからね。もう少し穏やかに言うことをきいてくれたら嬉しいな」

清文のような人物の面倒を見る人だから、てっきりただの面倒見がいい優しい女性だと思っていた。

「そっか。家政婦だもんな。トラブル大好きでもおかしくないか」

「いや、君は家政婦を何だと思ってるんだい。守秘義務とかあるんだよ」

「あるんですか？」

「文書に用意してあるわけじゃないけどさ、私は私生活をのぞき込んで女性関係を周りにばらまいたりしないような人がいいよ。ただでさえ出会いが少ないのに、恋人ができても長続きしないのは、根掘り葉掘り聞きたがる芳美さんのせいでもあったんだ。私と長く付き合ってくれるのは可愛い猫達だけだ」

猫を引き連れるコスプレの美男子は、台詞の内容さえ違っていれば艶《えん》のあると言っていい笑みを浮かべていた。

「そうだ」

離れの玄関が見えてきた頃、突然清文が足を止めた。

「どうしたんですか？」

「朱巳くんは共学だったんだろ。だったら知り合いに――できれば君よりも年上の可愛い女の子に心当たりはないかな？」

先を歩いていた彼は、とても穏やかな顔をして振り向いた。

「話の内容と表情がかけ離れてますよ」

「これでも私は真剣だよ」

穏やかだが、真剣そうには見えなかった。

「そんな知り合いはいないです。僕は男子校なんで、女の子で知り合いは妹と同じぐらいの子がほとんどなんです」

すると清文は肩を落とした。

「それは歳が離れすぎているね。せめて高校は卒業していないと犯罪者扱いされかねない」

悪い大人が子供を騙すように付き合ったら社会的に罰せられる。妹を持つ兄としては、素晴らしい世の中だと思った。

「ああ。どこかにろくに連絡が取れなくても、外でデートできなくても、嫌いにならないで、家事もできる女の子はいないものか」

「ある意味、長期間会えないだけの船乗りより条件厳しいですね」

最初は彼の容姿で惹《ひ》かれるかもしれないが、その条件を満たすにはどれだけ惚《ほ》れ込んでいなければならないか想像した。

「そうだね。船乗りは帰ってくれれば町中をデートできるから、彼らは幸せだ。私も一度でいいから絶叫系マシーンに乗ってみたいものだよ。大惨事になりそうだから近づいたこともないけどね」

途中で故障して宙づり状態で止まる絶叫マシーンを想像すると、笑いが漏れた。彼が絶叫マシーンを壊すのが面白いのではなく、それを恐れて近づけないでいるのが、おかしくてしかたなかった。

◆◇◆◇◆

家政夫の仕事に慣れたとは言いがたいが、それでも清文の好みが少し分かってきた。

彼は味付けは薄めが好みだが、魚よりは肉が好きだ。特に高タンパクな肉を好んで食べる。本当は炭水化物は極力抜きたいが、持ち込まれるお菓子の類いの誘惑に負けるため、日々の運動によって食べた分を消費して体型と健康維持をしている。

そして今日もまた、その誘惑が持ち込まれた。

「先日はお世話になりました。こちら、近所でも美味しいって有名な羽二重餅《はぶたえもち》なんです。赤ちゃんのほっぺたみたいに柔らかいんですよ」

「ああ、知っているよ。朝一で並ばないと買えないやつだ」

清文は美女と美味しいと評判の和菓子を前に笑みをこぼす。

「麗華さん、わざわざこんなよい物をありがとう」

あれから三日、麗華は晴れやかな顔をして、真新しい首輪をつけたタクを連れてやってきた。

「いいえ。みかがみ様のお社には日持ちするお菓子とお気持ちを置いてきたのですが、それでよろしかったんでしょうか。響子さんに聞いた通りにやったと思うんですが」

「ええ。おカメちゃんにお礼がすんでいるなら、あとは朱巳くん」

お茶を出し、タクを撫でようとしていた朱巳は動きを止めた。

「よい物をいただいたから、君が最初におあがり」

「え、僕が先にですか？」

「ああ。君が自転車を漕いで山登りまでして探し出したんだ。ロードバイクとかならもう少し楽だったかもしれないけど、シティサイクルでは大変だったろう」

清文は朱巳が出したお茶を飲みながら言う。

「麗華さんもどうぞ。いい茶葉をいただいてね。朱巳くんはあんななりでもお茶の入れ方も上手いんだ」

家電というのは偉大で、湯沸かしポットは茶葉に向いた温度で保温できるから、理解していれば誰にでもできることしかやっていない。しかしそれも清文にはできないし、前の芳美という御手伝いはやっていなかったらしい。

「あら、本当。お茶の甘みが出て美味しいわ」

いい茶葉はちゃんと入れると渋みが減り、甘みが際立つのだ。

「お茶を入れる温度とか、意外とお年寄りの方が気にしなかったりしますからね」

「昔の人は料理も何もかも手癖で適当にやってしまうからね。むしろ君みたいな子がそういう繊細なことにこだわるのが不思議だけど」

「学校で習ったんですよ。先生が今時こういう知識すらない何もできない男はモテないぞって」

何が役に立つか分からないものだと、しみじみしながらお茶に参加する。

「じゃあ、お言葉に甘えていただきますね」

朱巳は羽二重餅を口に含む。赤ちゃんのほっぺたのようという噂通りの絶妙な柔らかさだ。

「うわ、美味しい。妹が知ったら怒るだろうなぁ」

妹はお菓子が好きで、一人だけで美味しい物を食べたと知られると、ふてくされてしまうのだ。かといって、朝から並ばなければならない店には買いに行くのが難しい。

「妹さんにも持って帰ってあげればいい」

「それはそれで怒るんですよ。ダイエット中なのにこんな物出して太らす気かって」

その点では、清文がダイエット向きのメニューを好むのはありがたい。余分に作って持ち帰らせてもらっているから、夕食が遅くなって「ひもじいよう」とせかされることもない。

「男の子が御手伝いさんって聞いて驚いたけど、高校を出たばかりなのに、私よりもしっかりしているんじゃないかしら」

「しっかりなんてできてませんよ。僕ならお供えと手土産《てみやげ》は一つですませちゃいそうですもん」

彼女はみかがみ様の社に供えたのとは別に、これを持ってきてくれたのだ。

「ああ、これは響子さんに教えてもらったのよ。みかがみ様のお社へのお供えは特別だから、別に用意するようにって。忘れたら祟られるわよって、念を押されたの」

朱巳は羽二重餅に噛みつきながら固まった。

「崇るんですか？」

朱巳はお茶をすする清文に訊ねた。

「崇るよ。みかがみ様は私のような存在を除けば、探し物がどこにあるか教えてくれるだけの神様なんだけど、お礼もしない人は崇られる」

「まさか……家電が壊れる？」

朱巳は恐ろしい想像をした。自宅の可愛いサボテン達が全部枯れるのも悲しいが、家電が全部壊れたらしばらく寝込んでしまいそうだった。

「いや、さすがに離れた所にある家電は壊れないよ。そうではなく、大切な物をなくしたり、手に入れ損ねるそうだ。だからお賽銭でも、物でも何でもいいから、感謝した分のお返しをするんだよ。お礼に来てもあんまりケチりすぎて五円玉とかだと崇られるし」

お礼に来た相手が五円だけ差し出したら、朱巳でもお礼に来ない方がまだマシだったと思ってしまうかもしれない。

「特にお金持ちがケチると崇るね。崇られて大変な目に遭った政治家もいるよ。今回はおカメちゃんを探しに行っただけだから、社へのお供えとこれで十分だけど」

清文も羽二重餅を手に取って口に含む。清文本人にもお供えしなければならないようだ。

「みかがみ様は猫がお好きな神様なんですか？　不思議な猫ちゃん達ですが、神様の使いとか？」

麗華は寄ってきた若い猫を撫でながら問う。

「いや、猫達はたまたま住み着いただけだよ。ただ、それでも長く住み着いていればほんの少し勘が良くなっても仕方がない。この子達はただ人間の空気を読むんだ。そうすれば餌にありつけるからね」

共生に似たようなものだろうかと、縁側で寝る猫達を見た。

「そうなんですか。猫のお守りが売っているから、てっきり神様のお使いか何かだと思ってました」

麗華は鞄の中からお守りを取りだした。可愛らしい三毛の招き猫だ。猫の部分にはまだ透明のビニールが被っているのだが、そこに良縁と書かれたシールが貼ってあった。

「……え、良縁のお守りなんてあるんですか？」

「いい人が見つかるって、縁結びの神様としても女性の間では最近有名なんですよ。せっかくフリーになったから、買ってみたんです」

朱巳は目を丸くした。

「ここって、失《う》せ物を探す神様じゃ？」

「なくし物を探すのは我が一族を通せば容易なこと。だけどそれ以外を探す能力が私になかったとしても、みかがみ様ご本人なら可能かもしれない。少なくとも何の根拠もなしに縁結びなどと言っている神社よりは、運命の相手探しにも御利益《ごりやく》がありそうだろ。だから合コンとか、お見合いする人にお勧めなのさ」

彼の語り口調は、よく売れているに違いないと思わせるものだった。

「つまりすっごい拡大解釈して、縁結びにも効果があるって宣伝してるんですか」

「神様の権能は拡大解釈で増えていく分にはマシだよ。ないところから思いつきで作り出されることの方が多いからね。世の中は言ったもの勝ちなんだよ。たまに、私の一族のような本当に力がある者がいたりすることもあるけれど」

清文はふいに視線を上げて、麗華を見て人差し指を立てた。

「だけど私の存在はご内密に。みかがみ様のことはよいのですが、私は依《よ》り代《しろ》に過ぎません。秘されるべき存在の話を不用意にすると、それはそれで祟られます」

すいと目を細めて笑う姿は、ほんの一瞬で薄ら寒くなる雰囲気をまとった。

気圧《けお》された麗華は硬直した。清文は身体の力を抜き、元の優しげな雰囲気に戻す。

「肝試しのコースに山の上の社だけでなく、私の家が追加されてはたまらない」

清文はからりと笑った。

「でも、さすがに私有地には来ないんじゃ？」

「そう思うのは朱巳くんが見た目によらず真面目だからだよ」

朱巳は思わずむっとした。見た目のことではなく、常識を語っただけで真面目だと言われるとは思わなかったからだ。

「神社を私有地とは思っていない人が多いんだよ。社がうちの隣にあるから、民家だと思わず神社の一部だと思い込む人がいる。家の前に来るだけならともかく、家の中や庭に入り込んだりして、電子機器が壊れてわめいている人が多いから、朱巳くんも気をつけるんだよ」

大げさに聞こえる忠告を聞くと、麗華はくすくすと笑った。

「あ、ごめんなさい。大変でいらっしゃるのに」

「いえいえ。これから大変なのは朱巳くんだから」

そんな彼女に猫達は身体をすりつける。美人と小動物の組み合わせは、人目がないとぐうたらになる清文と違い、目の保養になる。

「ふふ。可愛い。本当に人懐っこい猫ちゃん達ですね」

「それが売りだからね。ああ、うちの猫達は常に引き取り手を探しているから、ほしければ愛好会の人に連絡をしてね。生き物を飼う責任を理解できているお友達がいたら、宣伝してくれたら嬉しいな。増えないように避妊手術を受けさせてるんだけど、新しく捨てていく人が多くて」

「地域で猫を保護しているなんて、皆さん立派ですね。すごいわ」

「みんな猫好きだからね。みかがみ様がペットの里親も探してくれたらよかったのだけどねぇ。こればかりは地道にやるしかなくて。だけどいい人がもらいに来てくれるのは、みかがみ様のご加護かもしれない」

清文は肩をすくめ、ふと顎《あご》に手を当てた。

「そういえば縁結びのお守りもこんな風に話していたらできあがったのだった。外では言わないようにしないと」

清文は眉間《みけん》にしわを作って、深刻そうに言った。

「みかがみ様がペットの神様にまでなったら、面白いですよね」

「やめてくれ。今度は犬猫以外まで捨てられるようになるじゃないか」

朱巳はペットの神様になったみかがみ様と頭を痛める清文を想像して、笑いをこらえることができなかった。

2話　落とし物

清文《きよふみ》の元で朱巳《あけみ》が働き出してから一週間が過ぎた。

朱巳は今日も派手めな服装をしている。相変わらずの金髪と、初日よりも存在感のあるピアスと十字のネックレス。服装は黒いスキニーと派手な赤いロングティーシャツに、小洒落《こじゃれ》た裾が不揃《ふぞろ》いの黒いカーディガンを羽織っている。

どれもセール品だったらしく、安物ではないが安かったらしい。彼のようなファッションを何系というのか詳しくないので分からなかったが、着ている本人に聞いても首をひねっていたので、清文が知ることは一生なさそうだ。

幸いにも彼を着せ替えている妹も仕事だというのは理解しているのか、日常生活に違和感があるほど派手ではない。今時の子らしい細身のスタイルだから似合っている。

しまりのない笑い方をするから威圧感もなく、お年寄りもそういうものだと受け入れている。客も普通の青年より、変な雰囲気のある彼の方が場違いでかえって不思議に見えるらしい。

そんな派手な彼を雇うことを最終的に決めたのは清文だが、自身にとっても意外なことに、心地良い一週間だった。

清文は昔からどちらかといえば人見知りする方だ。客なら平気だが、自分のプライベート空間に他人を置くのは緊張する質《たち》だ。慣れるまでの我慢と身構えていたのだが、朱巳が家にいても緊張することなく過ごせた。緊張どころか、彼がいるのに違和感すらなく、それが驚きだった。

彼は自分とは縁のないタイプの男だ。慣れた今でも、目を伏せて彼の声を聞いた後、ふいに目を開けて彼を見ると驚いてしまう。しかしそのわずかな驚き以外は、彼がいることで違和感を覚えることはなかった。

（中身の素朴さが、見た目を全部帳消しにしているのかな？）

彼の中身は素朴な好青年だ。彼の妹がいなければ、別の意味で彼の恰好《かっこう》に悩んでいたはずだ。彼は自分でセンスがないと言い切るように、本当に趣味が微妙だ。彼が商店街で安かったと買ってきた服のセンスの悪さが飛び抜けているのを見た時、妹が彼の世話をする気持ちが少し分かった。

そんな見た目と中身がちぐはぐな少年は、清文の我《わ》が儘《まま》を苦にせず、色々と世話を焼いてくれる。今時の洗濯機は全自動が当たり前で乾燥までしてくれるのに、昔ながらの二層式の洗濯機で文句も言わず洗濯してくれる。掃除機も制限があるから、モップなどを使いつつ、古い家だからとそれに合った手入れ方法も調べて、丁寧《ていねい》に雑巾がけまでしてくれる。そして太るのを忌避《きひ》する清文のために、ダイエットに向いた低カロリーかつ美味《おい》しい食事を作ってくれるのだ。

しかも文句一つ言わず——文句どころかにこにこ笑って引き受けてくれる。しかも仕事は丁寧で、至れり尽くせり。見た目は占いなど馬鹿にしそうなのだが、占いを信じてやってくる客達を馬鹿にすることもない。

家政夫なのだから当たり前なのだが、これが当たり前だったのかと感動してしまった。

(これが若さというやつか？　それとも意外に完璧主義？　ただの綺麗《きれい》好き？)

考えても彼のことはまだよく分かっていない。

だがそういう少年だから、近くにいても邪魔にならなかった。むしろ一週間ではなく、数ヶ月の付き合いがあるようにすら錯覚するほどだった。

(朱巳くんはみかがみ様との相性がいいのかな？)

怪しい家業をすんなり受け入れたことや、思った以上に彼を通して探しやすかったことから、それはありえると思った。

だが、近所の人達もすでに彼を受け入れているから、単純にコミュニケーション能力が高いだけなのかもしれない。

失《う》せ物探しの相性などというものは、占っている清文本人にすら感じられるものではない。そんなことが簡単に分かるなら、人を雇うのに苦労していない。

相性ははっきりと分からないが、朱巳の人付き合いの良さは間違いなく本物だ。

(コミュ力か。あの人懐《ひとなつ》っこさと人見知りのなさは羨ましいことだ)

神社の敷地内で行われるとはいえ、婦人会の集まりにまで言われるがまま参加して、一緒に伝統の料理を作ってきたと言って、皆で作ったらしいおかずが食卓に並んだ時は驚いた。いたのは一回り二回りどころではなく年上の女性ばかりだったのに、それを楽しそうに語るのだ。

そんな人懐っこい、若くて顔立ちが可愛《かわい》くて、両親を亡くしたばかりで妹を世話する男の子は、当然のように婦人会の女性達に気に入られたらしい。

(問題なのが犬派なところだけというのが、なんともまあ)

口には出さず、腕を動かしながらしみじみ思う。

彼は猫が嫌いなわけではなく、可愛らしいと言っている。しかし基本的には甘やかさない方針で、余分に餌を与えたりせず、付き纏《まと》われても仕事の手は止めたりしない。それどころか、入ってはいけない場所に入った猫をしゃがみ込んで叱りつけている姿を文仁《ふみひと》が目撃している。

不良少年が雨に濡《ぬ》れた捨て猫を拾う的な微笑《ほほえ》ましい衝撃があったらしい。

「あ、ここにいたんですか」

朱巳の声が聞こえ、視線を動かした。彼はわずかに引き戸を開き、部屋をのぞき込んでいた。

「懸垂《けんすい》ですか。さっきまで座敷牢《ざしきろう》でダンベル運動してたから、てっきりトイレに行ったんだと思ってましたよ」

首を傾《かし》げる彼は戸に隠れて派手な服装と身体が見えなかった。そのせいか履歴書の印象通り、少し女の子っぽい可愛らしい顔をしているように見えた。

「一つの運動ばかりしても、飽きるし」

と言って、清文はチンニングバーから手を離した。タオルで汗を拭《ふ》き、汗ばんだのでジャージを脱ぐ。

「懸垂は背中を美しくするために女性にもおすすめなトレーニングだそうだよ。君もやってみたら？」

あまり外を出歩けない清文にとって、なくてはならない時間だ。筋肉がなくて細いだけならともかく、脂肪でぽっちゃりした自分は許せない。だったら適度に鍛えればいいと結論づけ、運動する習慣を身につけたのだ。

「なんか色々器具がありますけど、全部清文さんが買ったんですか？」

「まさか。大半は通販好きの人が買ったのに使わなくなったのを寄付してもらったんだよ。邪魔で置き場がないって。世の中、飽き性の人が多いんだ」

「そうですか……ああ、妹もそのタイプだな……」

朱巳は視線をそらしてため息をついた。

「清文さんは、物を大切にするタイプですよね」

彼は清文の部屋を見回した。近代的なトレーニング器具以外は、古い物ばかりだ。

家も家具も服も古い。新しいのは一部の服と下着類と部屋着ぐらいだ。

「私が新しい物に埋もれて生活していたら、とうとう新しい物を腐らせるようになってしまうんじゃないかと心配になるんだよ。だからたまにだけだ」

「たまにっていうのが、今なんですか」

彼は清文のトレーニング器具と、清文が着ている服を見て言った。

古い服を着て座敷牢で占う姿との違いに、彼はまだ戸惑いを覚えているようだ。

この姿を知っているのは、家族以外では芳美《よしみ》と彼と少ない友人だけである。近所の人達にすら、ジャージを着てトレーニングしている姿は見せたことはない。

清文は朱巳の存在に慣れたが、彼はころころと態度を変える清文には慣れていない。

「それで、私に何か用があるんじゃないのかい？」

いつもならまだ家事をしている時間だ。慣れたからと、そうそう時間は短縮されない。だから気を遣って邪魔にならないように座敷牢から出て、自分の私室で運動していたのだ。

「ひょっとして私が外に出ている間に、レンジを使って壊してしまったとか？」

トイレに行っているまさにその時、電子レンジを使い、不運にも壊れてしまったことが一度あったのだ。

もちろん蔵の中にある物が壊れることなど、滅多にあることではない。冷蔵庫の予備が用意してある程度にはよくあることだが、干渉するのはせいぜい年に数回だ。しかし偶然が重ならないとは限らない。

「違います。えっと、そうだ。文仁おじさんから清文さんに電話して欲しいって電話が」

「父さんが？　君に理由を言わなかったってことは、まぁた客に絡《から》まれたのかな」

この神社はそれなりに古くからあり、温泉目当てに来た観光客が手頃な観光地としてここにやってくる。そして父は困ったことがあるとすぐに引きこもりの息子に頼る。

「客？」

「そう。言葉が通じないタイプのお客さん」

世間擦《ず》れしていない朱巳は不安げな目で清文を見た。芳美だったら好奇心丸出しでトラブルを求める危ない目をしただろうから、彼の素直な反応は微笑ましい。

怖い風に話しても怯《おび》えてくれる人間は少ないので、とても貴重だ。

「そう。外国人観光客だよ」

すると彼はぽかんと口を開いた。

◆◇◆◇◆

朱巳は廊下を磨きながら、いつものようにマイクに向かい話す清文を見ていた。

スピーカーから聞こえてくるのは癖のある英語。そして清文はたどたどしさはあるが、いつものように穏やかな猫を被《かぶ》った声音で英語を話した。余裕がある堂々とした口調から、そうとう慣れているのが分かる。

そんな姿が意外すぎて、つい手が止まった。

やがて通話が終わり、清文は朱巳を見た。

「切ってくれるかな」

「はい。で、何だったんですか？」

「ただのお守りの説明だよ。父さんは外国人に話しかけられると、ちゃんと外国人用に説明を作ってあげたのに、それを忘れて私に全部押しつけてくるんだよ」

「へぇ。英語ぺらぺらなんてすごいですね。聞き取りはできる方かと思ってましたけど、向こうの人が何言ってるのかまったく分かりませんでしたよ」

朱巳には相手の英語が英語であることぐらいしか分からなかった。

「聞き取りは慣れが必要だからね。でも中学程度の基礎があれば難しくないよ。私なんかは映画と通信教育で学んだぐらいだからね。あと聞き取れなかったのは、中国訛《なま》りだからだよ。学校で習うのは綺麗で聞き取りやすい発音だからね」

先ほどの何を言っているかさっぱり分からない英語は、中国人のものだったようだ。

朱巳は感心しながらスマートフォンを撤去する。

「そういえば、中学校レベルってことは――中学校に通ってたんですか？」

ある意味では浮世離れしていたから、子供の頃からこの中で暮らしているのだと思っていたので、中学校に通う彼が想像できなかった。

「人をなんだと思ってるんだい。中学校は家電持ち込み禁止だったから、壊れても悪いのは私ではなかったから、なんとか通えたよ。下手《へた》に文句を言ったら、『何を言ってるんだこいつ』みたいな目で見られるよ」

「あ、なるほど。オカルトですもんね」

事情を知らない人からは、よその子供を陥《おとしい》れようとする頭のおかしい人に見られてしまうだろう。実際に彼が電子機器を壊すのを見ていなければ、とても信じられない話だが。

「学校側も気を遣ってくれて、どうしても電子機器に近づかなければならない授業は補習という形で何とかしてくれたし」

「そうだったんですか……大変だったろうな、先生」

学校には電子機器が少なくないから、それらを守るのは大変だったはずだ。近づかなくても壊すことがあるらしく、蔵の中には新しく見えるのに壊れた家電が転がっているほどである。

「ま、今はネットなりアプリで簡単に翻訳できるから、それで筆談するのが一番簡単だろうね。父さんやお年寄りはそういうの疎《うと》いから無理だけど、商店街の人達はだいたいそれで乗り切っているよ。たまにヘルプがくるけどね。私は商店街で一番暇して、無駄に語学を学習しているから」

文仁はパソコンにも疎いらしく、一番使いこなしていた芳美がいなくなって大変だったと聞いている。

清文は家電部屋の戸を閉めたのを確認すると、脱いでいたジャージを肩にかけた。

「さて、続けるか」

と、有名スポーツブランドのジャージ姿の彼は、家電部屋とは逆の方向にある部屋に向かった。

朱巳は雑巾がけを続けた。モップもいいがこうしてこすらないと落ちない汚れもある。

廊下の突き当たりまで来ると、清文がいる他人に見せられない私室をのぞき込んだ。

そこには譲ってもらったというトレーニング器具が並んでいる。簡単に運べる物は座敷牢に持ち込んでやっているが、フラットベンチやバーベルなどは運ぶのが大変だから部屋まで移動している。

　彼はベンチプレスをしていた。繊細そうな顔をしていながら、自分の体重以上のバーベルを軽々と持ち上げられる細マッチョなのだ。

「ダイエットならそこまでしなくてもいいのに」

「でも、せっかくだから鍛えたいじゃないか。細マッチョは女性にもてるらしいし」

　彼は見た目よりも凝《こ》り性《しょう》なのだ。できないことが多い中、これは電子機器を使わないし、成果も目に見えるから楽しいのだろう。

　ただ見せる相手が来てくれないという問題の方が大きいのではと思ったが、それを言うのは残酷な気がして当たり障りのない話を続けた。

「その女性の好きな細マッチョって、痩せすぎて腹筋浮いてるガリガリなだけの人を含んでますよ」

「だからほどほどにして有酸素運動もしてるんだよ」

「それで怪談話を生み出してどうするんです」

「ランニングマシーンは家電だから使えないから原始的な方法に頼るしかないんだよ」

　有酸素運動は譲れないようだ。だが運動せずに不健康になるよりはずっといい。

「清文さん、後でアイロンがけしたいんで、戻ったら教えてくださいね。僕は玄関の掃除を――」

「お兄ちゃん、どこー？」

いきなり女の子の声が平屋に響き、朱巳はびくりと震えた。

「私室にいるよ」

「ちょっと、さっさと戻ってよ！　あたしのスマホ壊れちゃうじゃない！」

「私の家に来るのになんでそんなものを持ってくるんだい。玄関の棚に入れておいで」

そう言いながら、フラットベンチに横になっていた清文は不服そうに立ち上がる。

「あれは姪《めい》の清音《きよね》だ。顔と名前を覚えておいて」

清文には姉がいると言っていたのを思い出した。

「姪御さんですか。じゃあ、お茶とお菓子を出しましょうか」

「清音にお菓子なんていらないよ。あげたら肥え太る」

「しっつれいなこと言わないで！」

どすどすと床のきしみをかき消す足音を立てて近寄ってきた。太った清文のようなストレートの黒髪の子供を想像した。

「ふとってないもん！」

そう言って姿を見せたのは、予想した姿とはまったく異なる女の子だった。黒髪というには色素が薄い、巻いているのか地毛なのかよく分からない癖毛。ややぽっちゃり気味だが太っているとは言わない。健康的で、正しい意味でのぽっちゃりだ。

白く繊細な雰囲気の清文とは似ていない、可愛らしい中学生ぐらいの女の子だ。

「ね、似ていないだろ」

清文は意地悪そうに笑った。

「大きくても小学生かと思ってたので意外でしたけど、可愛い子ですね」

朱巳は中学生の姪がいるようには見えない清文の顔を見つめた。

「上の姉とは歳《とし》が離れているからね。私が見た目よりも歳を取っているということはないよ」

清文の実年齢がいくつなのか疑った朱巳は、そんなこと疑っていなかった振りをして雑巾をバケツに沈めた。

「初めまして、お手伝いをしている鈴原《すずはら》です」

立ち上がって挨拶《あいさつ》すると、彼女は驚いた顔をして朱巳を見上げた。知らない男がいたら驚くのは当然だ。

「え……お手伝いさん？　え？　ええ、うそっ？」

「先週から働いているんだよ。今日はカップケーキを作ったんだけど、食べる？　プロテインが入っちゃってるけど」

安心してもらおうと提案すると、彼女はますます驚いたような顔をした。

「やっぱりいらないかな。なんか響きが不味《まず》そうだもんね。まあそんなに美味しくないのは間違いないけど。他に何があったかなぁ」

「い、いえ、そんなことっ。それでいいです！　いります！」

清音はぶんぶん首を横に振って答えた。すれていなくて可愛らしい女の子だ。

彼女はそそくさと、汗を拭いて水を飲む清文に走り寄ると、その胸ぐらを掴《つか》んだ。

「お兄ちゃん、新しい人って女の子じゃないの？」

「まだ伝わってなかったのか。商店街では知れ渡ってるのに」

「だって女なら興味なかったんだもん！　昨日の煮物も、まさかあの人が？」

「そうだよ。一昨日の草餅もだよ。婦人会の人達と一緒に作ったらしいんだけど。ほら、うちの台所広いからたまに婦人会に貸してるだろ」

清音は息をのんだ。

そのおかげで朱巳は近所の人達と少し親しくなれた。部外者としてじろじろ見られないようにするには、交流を持てる機会を生かして積極的に輪に交じるに限る。料理のこつも教えてもらったりして、とてもためになった。

「イケメンと草餅作ったって……まさかそれが新しいお手伝いさんだと思うはずないじゃん。てか、なんであんなイケメンが女の子だなんて話になってたの」

「それは簡単だよ。彼が〝朱巳くん〟という名前だからだよ。あと派手な雰囲気に騙《だま》されてるだろ。彼のチャラい要素……金髪を黒髪にして、ワックスを落として、落ち着いた恰好させれば、今より幼く可愛い顔が現れるよ。こうなる前の写真も女の子みたいだったからね」

「……確かにそうすると正統派イケメンじゃん！」

清音は目を伏せて頭の中で朱巳を美化する。清文の言う通りにしたら、妹が格好良くしてくれた今より数段劣るのだが、気づかれていないようだ。

朱巳は聞かなかったことにしてそっとその場を離れた。

「うーん。妹にいじられてから、よくイケメンって言われるな。あれかな。今の僕は雰囲気イケメンとかいうやつかな」

朱巳は自分で服装や髪型を整えるとそういうことを言われないのだが、妹が整えてくれると普段よりは女の子の受けが良くなる。

つまり素材だけだと微妙だということだ。

「清潔感と髪型と服装が整っていれば、フツメンでもイケメンになるというあの法則を、自分で実感できるようになるとはなぁ」

妹が子供だった頃は、自分がそのように変わることができるとは思いもしなかった。

「でもこの髪の色に合うように自分で服を選ぶのは無理だから、ちやほやされるのも、妹が僕に関心があるうちだけだよな」

妹のように世話焼きで自分の好みに染めたいという恋人ができない限りは、あと数年で元通りだ。素で恰好いいわけではない限り、努力を惜しめば残念なことになるのは当然で、その努力するセンスすらなければ、諦《あきら》めるしかない。

　そう割り切って、妹の好きにさせている。

◆◇◆◇◆

「美味しい。友達が作って持ってくる微妙に不味いお菓子よりはずっと普通に美味しいんだけど」

　清音に出したカップケーキを褒められ、ふと妹に失敗したクッキーを食べさせられた恐怖を思い出した。一部の女の子は、失敗しても心がこもっていればいいと思い込み、失敗作でも食べさせたがるのだ。高校に入ってから、妹以外に見ることはなくなったが、どこでも起こり得る問題らしい。

「そ、それはよかった。味とプロテインのバランスを試行錯誤しているところなんだけど、食べられるレベルにできあがったなら作ったかいがあったなぁ」

　清文にプロテインパンケーキとやらを作って欲しいと言われ、同じ物を作るのに飽きて試行錯誤してみたのだ。

「清音。これはダイエット食というわけじゃないから、運動もせずに食べたら太るよ」

いつもなら優しく微笑む清文が、今日はにこりともせずに言った。

「うるさいなぁ、このナルシスト。プロテインなんて普通に飲めばいいじゃん。高くて美味しいの買ってるんだから」

冷たい態度を取る清文に、今まで指摘してはいけないと思ってきた言葉を、身内の彼女はずばりと言った。

（やっぱりナルシストだよな、この人。いや、何もしなくても整ってる本当に美形な人なんだけどさ）

イケメンというよりも、美男子という言葉の方がしっくりくる繊細な顔立ちなのだ。

「他人が来る時はキチッとした恰好するのに、誰も他人が来ないと思ったら一日中ジャージで過ごすんだよ、この人。客が来ない空気を察するのが異様に上手《うま》いのよ」

「それで日によって気合いが違うのか。トレーニングする気分の日なのかと思ってた」

朝から初めて会った時のようなきっちりしている日もあり、ただの気分だと思っていた。

「今日なんて髪まで適当。普段は鏡の前で女の子みたいに毛束をほぐしてこなれ感を出してるのに」

「こ、こなれ感」

髪を大切にしているのは知っていたが、あの髪型がそのようにして作られているのは知らなかった。

　言われてみれば、いつもよりもスポーティに見える。その原因がきっちりと結ばれているからだと理解できた。

「そっか。そういえば妹もただ結んでるだけに見えて、時間かけて毛束感を出してるけど、髪が長い人は大変なんだな」

　短いと理解できない苦労だ。

「朱巳さんの髪型も手間かかってそうですけど」

「これは妹がやらせろって」

　ワックスをつけてもらっているのだが、同じことを自分自身で再現できたことがない。

「朱巳くんの妹さんはセンスがいいね。きっと可愛らしいのだろうなぁ」

「妹はいかにも美少女って感じですよ。兄妹なのに差が激しいって友達に言われるんですよね。妹には自分で服を買うなって叱られるし」

「うん。私もそう思った。平気で芳美さんのふりふりエプロンつけるぐらいだから、そうとうこだわりがなくて、安い服を買って叱られるんだろ」

「そうかもしれません。苦手なことは得意な人に従ってるのが一番ですからね」

　朱巳は友人からも散々言われて、センスがないものは仕方ないと開き直っている。

料理の盛り付けは指摘されたことがないから、何が違うのか分からないが、これだけ他人に言われるのだからまずいのだろうと自重している。

「ねえねえ、朱巳さんって彼女いる？」

唐突に、近所の婦人会の女性達に聞かれるようなことを中学生ぐらいの女の子に聞かれ驚いた。

「いや、今はいないけど」

「え、いたことがあったのかい？」

清文が驚いてちぎったカップケーキを取り落とした。

「そりゃあ、男子校だから出会いは少なかったですけど、合コンとかありましたし」

「ご、合コン？　そうか、君でも、君みたいな子でも合コンを……そうか」

合コンとは縁のなさそうな清文がしみじみと言う。

「どうして別れちゃったの？」

「彼女の受験と、僕の親が亡くなってほっといたから、かな」

あまり語りたくはない話だ。

「ええ、それで振られたの？　ひどーい！　それって人間としてどうよ」

「こら、清音。そういうことを言ってはいけないよ」

清文は珍しく眉間《みけん》にしわを寄せた厳しい顔をして、清音の額を指ではじく。

「だってぇ、こんなに嫁に欲しいタイプ、そうそういないんだもの！」

「まったく……すまないね。空気の読めない子で」

清文は額を押さえてため息をついて謝った。

「下手に気遣われるよりいいですよ。元気でいいじゃないですか」

「元気というか、男の子を嫁とか女を捨てすぎだよ」

女に幻想を持っているのか清文は嘆いた。

「今の女の子ってそういうもんですよ。妹からもよく言われますから」

「え、妹さんも？」

「ええ。うちの妹は家事が苦手だからですけど。『お兄ちゃんと似た人と結婚する』って普通は嬉《うれ》しい言葉な気がするんですけど、まったく嬉しくないんですよね」

壊滅的に家事のセンスがないため、正しい方法を教えても洗い物に洗剤は残るは、茶碗《ちゃわん》にご飯粒がこびりついたままだは、掃除機をかけても髪の毛がそのまま落ちているは、材料を量って用意しておいてもなぜか美味しくならない。

「なるほど。つまり家事のできない女の子特有の考えということか」

清文は嘆かわしげに清音を見て、彼女は目をそらした。

「まったく、少しは自分でできるようになる努力をしなさい。私と違って掃除機に触れただけで壊れたりしないんだから」

清文は清音の額をつんつんつついた。

「無理なの！　そんなこと言うともうお兄ちゃんのこと『おじさん』って呼ぶんだから」

「そんなことをしたら小遣いも、お下がりもやらないよ」

清文は穏やかな表情で清音の頭に手を伸ばし、彼女の髪をぐしゃぐしゃにした。

「ちょっと！　髪を触るなんてサイテー！」

清文は気がすんだのか、姪の抗議も気にせずストレートの紅茶を飲む。朱巳も仲の良い叔父《おじ》と姪の姿を微笑ましく思いながら、ミルクティーを飲む。

「それで、清音は何を探して欲しくて来たんだい？」

清文は姪で遊ぶのをやめて、用件を聞いた。彼女は髪を整えながらぶすっと唇を尖《とが》らせる。

「そのやる気のない恰好で？」

「恰好は関係ないよ。いつものは雰囲気作りのためにやっているんだ。知らない人にとってはそれっぽい恰好の方が、ありがたみがあるだろ」

何度か聞いた説明を姪にする。彼女も聞き慣れているのか、耳をほじってそっぽを向いた。

清音は同じ女の子でも、妹とはだいぶ違う。妹なら「ひどーい。お兄ちゃんが大好きなだけなのにぃ」と甘えてくる。どちらかといえば妹の方が可愛いらしい態度だろうが、小悪魔的な質の悪さがある。清音の態度は可愛げはないが、裏がなくて可愛らしい。

「んでもジャージはないでしょ、ジャージは。ラフな恰好でもジーンズとか色々あるでしょ」

「ジーンズは一本しか持っていないからなぁ。ああいうのは実際にはいてみないと分からないし。ジャージはいいよ。楽だし、これなら外出しても幽霊と勘違いされない」

「商店街で売ってるんだから、試着したいから持ってきてって言えばいいのに」

「清音、私の持っている服にケチをつけないでくれ。どうせ何を着ても現代風の装いは違和感があると言われるんだ」

朱巳は清文がジーンズをはいている姿を想像した。引き締まっていて足は長いから似合うはずだが、どうにもしっくりくる姿が思い浮かばなかった。

(確かに違和感あるなぁ)

ジャージでも見慣れないから、ジーンズはなおさら違和感がある。

「で、用がないなら食べたらお帰り」

「あるって分かってて言ってるでしょ。これよ!」

清音は勢いよくポケットに手を突っ込み、古びたお守りを取り出した。何か入っているのか、普通のお守りよりも厚みがあった。

「これの持ち主がどこにいるか探して欲しいの」

清文は目を細めてお守りを見つめ、丁寧な手つきでそれを受け取った。

「使い古されたお守りか。きっと大切な物なのだろうね」

お守りに染みついた思念でも読み取るかのように、そっとその表面を撫《な》でた。

「なぜこれの持ち主を探して欲しいんだい？　というか、誰が持ち主なんだい？」

清音は崩していた足を正して、綺麗な正座をした。そうすると不思議と清文と似た雰囲気をまとい、朱巳は息を呑《の》んだ。

「みかがみ様にはこれを持ち主に返すために持ち主の居場所を探していただきたいんです」

公私は切り分けているのか、彼女は先ほどと違い丁寧に依頼した。

「それで、どうしてこれを手に入れて、持ち主はどういった人物なんだい？」

「これの持ち主は隼斗《はやと》くんっていって、よく塾に行く途中のバスの中で会っていた男の子です。たまたま落ちていたこれを拾って、次に会ったら渡そうと思っていたらバスに乗らなくなっちゃって。引っ越したんじゃないかって」

「イケメンかい？」

「そう、けっこうイケメン！」

清音が景気よく頷《うなず》き、清文の優しげな微笑みが一瞬で嫌悪に歪《ゆが》んだ。

朱巳もあまりに無自覚な少女の発言に、ため息をついた。

「すまないね清音。私はストーキングに協力することはできないよ」

朱巳は拒否した清文を見直した。客観的に聞けば、どう受け取ってもそういうことで、引き受けてはいけない案件だ。昔ならともかく、現在は好きな人の家を突き止めるために後をつけるのは許されない行為である。

「失礼ね！　誰もストーキングするなんて言ってないでしょ！」

「ストーキングしますって言って情報を集めるストーカーはいないんだよ」

「情報を集めたいんじゃないの！」

「身内に刑事もいることだしね、犯罪には荷担しないことにしているんだ。清音、姉さんにごめんなさいするなら、一緒に謝ってあげるよ」

「だから違うって！」

清音は首を横に振る。

「別にあたしの好きな人じゃないし」

「じゃあ誰の好きな人なんだい？」

「えっちゃんの……それはどうでもいいでしょ。えっちゃんには個人情報をゲットしても教えられないって条件で引き受けたんだから」

「つまり私が引き受けないと理解して、君は安請け合いしたんだね」

残念な身内から目をそらし、沈んだ声で彼は確認した。

「だって、えっちゃんが直接頼んだら可能性はゼロになるじゃない」

「直接でなくても引き受けないよ」

「まあまあ、そんなこと言わずに。友達の行方《ゆくえ》ぐらい探してよ」

「連絡先の交換もしていないのが友達？　せいぜいバスの中で会話した程度、下手すれば会話を盗み聞きして得た個人情報しか知らないとか、そういう関係だろう」

清文は涼やかに辛辣《しんらつ》な言葉を浴びせた。

朱巳は学生時代を思い出した。当たり前のようにそういう情報収集をしている同級生が数人はいたのを思い出した。自分達のしていることがストーカーの一歩手前と他人が思うとは想像もしていないぐらい、純粋な気持ちで行われた行為だった。

「ねぇ、可愛い姪っ子の頼みじゃない」

清音は盗み聞きしただけの関係を否定せずに、猫なで声でこびを売った。その通りだと自白しているも同然だった。

「普段から真面目で可愛い姪っ子ならともかく、必要な時にしかすり寄ってこない可愛げのない姪っ子は信用ならないよ」

「あたしは普段から可愛い姪っ子でしょ」

清音はぷりぷりと怒る。清文の姪だけあって顔立ちは整っているから、甘やかす人は甘やかすだろう。しかし清文は聞く耳を持たず紅茶を飲み、空になったカップを差し出した。

「朱巳くんおかわりいいかな」

「ちょっと無視しないでよ。いいから、お守りの中をちょっと見て。ほらほら」

朱巳がカップを受け取ると、空いた手に清音はお守りを握らせた。清文はしぶしぶとお守りの口を開いて中を見た。

「袋？」

清文が中から取りだしたのは、小さなジッパー付きの透明の袋だった。その中には、黒い物が入っていた。

「げっ。髪の毛？」

「そう、遺髪ってやつじゃないかと睨《にら》んでるの」

すると清文はますます渋面《じゅうめん》を作る。

「隼斗くんはお母さんを亡くしてるんだって。ただのお守りじゃなくて、本当に大切なお守りっぽいの。だから引き受けたというわけよ」

母親の遺髪という言葉に、朱巳はエプロンの胸元を握りしめた。遺髪というものはないが、あったとしたら大切にしていたはずだ。それをなくしたらと思うと、焦燥感でいてもたってもいられなくなる。

「……警察に届けなさい」

「お兄ちゃんなら、お守りを落として警察に届けを出す？　落とした遺髪の入ったお守りを、拾って届けてくれる人がいると信じて届けを出す？」

「……出さないな」

朱巳も探しはしても届けは出さない気がした。財布ならまだしも、傘やハンカチと一緒で、落としても警察に届けを出すという発想はなかった。

「いつも大切そうにしてたのよ」

「ちっ」

清文は舌打ちした。朱巳だけでなく、彼も母親を亡くしているのを思い出し、やるせない気持ちになった。

顔も知らない相手だが、できれば返してやりたいと思うほど、そういう話には弱い。これを見なかったことにすれば、このやるせなさは心に残る。相手のためと言うよりも、自分の心に刺さった棘《とげ》を抜くためにも届けたい。

「まったく、人の心を土足で踏みにじるのだけは一人前だね。まあ、仕方ない」

清文は朱巳が用意したばかりの紅茶を飲み干すと、膝立ちして文机《ふづくえ》に置いてあった水差しを手に取った。

「ちょっと」

清音が声をあげる目の前で、彼は空になったばかりのティーカップに水を注ぐ。

「正式な依頼ではないから、これが妥当なところだね」

と言って彼はティーカップをのぞき込む。

「それで大丈夫なんですか？」

いつも清文が使っている飲料水の入った水差しは近くの窯元《かまもと》で若い陶芸家が作った物で、ティーカップは日本の有名な洋食器のメーカーのものだ。つまりどちらも上等な物ではあるが、占い用ではない。

「鉄瓶《てつびん》と大盃《おおさかずき》は昔からあるから使っているけど、得物は選ばないんだよ。みかがみというだけあって、他の生物に干渉されない水たまりさえあればいい」

清文はお守りを片手にカップの水に触れる。

「ふむ。驚いたことに、けっこう近くにいるよ」

「え、本当？」

「これは、バス停の辺りだね。うろうろしている。この感じはよく知っているな。探し物をしている人の動きだ」

清音ははっとして立ち上がった。

「お兄ちゃん、自転車貸して！　バス停近いし、間に合うかも！」

「いいよ。朱巳くん、自転車は二台あるから、悪いけどいつものように用意して、ついていってあげて。姪が犯罪者にならないように」

「そうですね。ストーキングに罪はあっても、遺髪を探す人に罪はないですし」

ストーカー予備軍が遺髪を持っていったとは思いもせず、探しているとしたらとても切ない。

「朱巳くんはやる気があっていいねえ。さあ、おカメちゃん探しと同じ要領だ。おカメちゃんと違って今度は移動している。正式でない仕事で追跡に慣れておくのは、まあ悪くないことだよ」

「そんなことをすることもあるんですね」

「逃げた債……加害者を探したりすることが多いかな。慰謝料を払わず逃げて自分だけ幸せに暮らす人っているからね」

そう聞くと、確かに草の根を分けてでも探して償いをさせてやりたくなる。

「泥棒や誘拐《ゆうかい》犯を追ったり、逃げる相手を追うことはある。お金にはならないことが多いけど、そういうことほどやらないと後悔する背景があったりする。だから後悔しないための練習にぴったりだ」

清文はカップをのぞき込みながら言った。姪が依頼主ではカメと同じでお金にはならないはずだが、それでもちゃんとやってくれるようだ。

朱巳は一度だけお金になる仕事を見たのだが、朱巳に追いかけっこをさせることもなく、ただ普通に占っただけだった。それなのにその心付けは万札がぱっと見では何枚か分からないほど入っていた。額としてはそれほど高くないらしく、もっとまとまった金額をくれる依頼は夜に来ているらしい。

夜に来るのがどんな依頼なのかは聞いても教えてはくれなかった。ただツチノコやら徳川の埋蔵金のような趣味人のトレジャーハント系は迷わず断れと言われているから、そういう一攫千金《いっかくせんきん》でもないらしい。

「じゃあ、行ってきます」

スピーカーをセットした朱巳は、手を振る清文を置いて自転車に向かった。

清文の指示でバス停まで来た二人は、周囲を見回して目的の人物がすでにいないのを確認して肩を落とした。

川沿いのバス停には、停留所と電信柱しか視界を遮るものがない。

『そこから住宅地の方に移動しているね』

「住宅地か……。清音ちゃん、隼斗くんだっけ。家の場所まで調べたりしてる？」

「それこそ本当にストーカーじゃん。してない……はず。してたらとっくに何とかなってたし」

『ああよかった』

清文が囁《ささや》き、水を飲む音が聞こえた。

「徒歩なら追いつけるかもしれないし、行こう！　お兄ちゃんどっち？」

「とりあえず住宅地の方に向かえって。細かい道案内は、移動しないと分からないと思う」

誘導されるのはカメ探しの時にやったから、勝手が分かっている。

朱巳は古く少しさび付いた自転車のペダルに力を入れる。前回カメを探すのに使った新しい自転車は清音が使っている。

「おい、清音っ！」

進もうとした時、まだ声変わり前の少年の呼びかけが聞こえ、清音は嫌そうな顔をして振り返った。

「おい、な、なんだよ、そのチャラい男！」

カリカリした声音の少年は、自転車に乗ってやってきた。春物のニットと黒いスキニーの少し大人っぽい装いで、短い髪をつんつん立てたサッカーが似合いそうなタイプの少年だ。

乗っているのはシティサイクルに変わりないが、朱巳達が乗るママチャリと言われるタイプの物よりもだいぶスポーティーなデザインだ。

「ちょっと、淳《じゅん》。あたしの理想の嫁をチャラいとかふざけんなよ」

「理想の嫁って意味わっかんねぇよ」

朱巳も少年の主張に思わず頷いた。

「朱巳ちゃん、行こう。追いつけなくなる」

清音は知り合いの少年を無視してペダルを漕《こ》ぐ。

敬称が変わっていたように聞こえて、朱巳は戸惑った。

「おい、清音。何だよそのとっぽいにーちゃん」

少年は清音を追いかけながら必死に声をかけた。

「とっぽいって、どういう意味？」

「え、え？」

知らずに言葉を使っていたのか、清音に問われた彼はスマートフォンを音声認識で操作して、意味を調べだした。

「うん、チャラい不良的な意味」

「初対面の相手に失礼でしょ！　朱巳ちゃんはうちの家政夫さん。芳美さんの後任の人よ」

「その金髪のにいちゃんが？」

「筑前煮も、本格カレーもすごく美味しかったんだから。今からタケノコが楽しみでならないし、あんたには何があってもお裾分けしないんだから」

「なんでそんな新しい家政夫さんと一緒に自転車漕いでんだよ」

「うっさいなぁ。あんたには関係ないでしょ」

清音が冷たく突き放して、漕ぐスピードを速めた。

「清音、おまえっ」

悔しげに顔を歪め、それから彼は朱巳を睨み付けた。

(清音ちゃんが好きなんだな)

あまりに分かりやすい態度に、つい口元がほころんだ。初対面の相手に睨まれて、思わず微笑んでしまうというのは初めての経験だ。しかし微笑ましくて、頬が緩んでしまう。

『彼は近所の子だよ。昔から清音が好きなんだ。態度が悪くても許してやってくれ』

清文も微笑ましげな柔らかな口調で忠告した。

「分かってますって」

『やっぱり分かる？ 彼は露骨だよね。清音は気づいてないけど』

「なるほど、幼なじみ……青春ですね！」

『君だってつい最近まで……ああ、男子校か』

校内で甘酸っぱい出来事があるはずもなく、友人が幼なじみに片思いする姿を見る経験はなかった。朱巳自身には幼なじみの女の子などいない。だから露骨な彼の態度には、思わず頬を緩くする。

「んだよ、一人でぶつぶつ」

「ああ、これにマイクがついてて、清文さんと話してるんだ」

「みかがみ様の使いかよ。ちっ」

彼は露骨に舌打ちする。睨むのをやめない所が健気《けなげ》だった。

「そんなに睨まなくても、今回は清音ちゃんのお友達が依頼主なんだ」

「ああ、だから一緒に……我が儘に付き合わされてるのか」

彼は露骨に目つきを和《やわ》らげ、安堵《あんど》した。

「あと、清音ちゃんは料理上手な人を求めてるみたいだから、ほどほどに料理ができるようになってみたら？」

前向きなアドバイスをすると、彼は顔をしかめた。

「なんでほどほどなんだよ？」

「ほどほどを超えたら男扱いされなくなるからね。嫁に欲しいって言われたらおしまいだよ」

「……まあ、そりゃあ、失礼な話だよな」

彼は嫁の意味を理解して同情するように言った。

「にいちゃん、見た目に反していい奴だな」

「僕ってそんなに不良っぽい？」

「……んー、チャラいっていうか、手が早そうっていうか」

「ひどいなあ」

だが彼の年齢の頃は、今の朱巳ぐらいの年頃の人が大人に見えたものだ。まだ学生気分は抜けていない朱巳でも、そういう風に見えるのかもしれない。

「だいたい、この歳になると中学生の子に手を出したら犯罪者扱いだよ」

「ん……確かにたまにネットで話題になってるなぁ」

彼は複雑そうな顔をして頷いた。

『卒業しただけでそうなるんだから、世知辛《せちがら》いよねぇ。まあ男に嫁とか言っちゃう残念な子だから、論外なんだけど』

「妹と思考が似てるから無理ですねぇ」

妹を思い出すだけで可愛がる気にはなっても、付き合いたいとは思わなくなる。

『それはよかった。君があの子の餌食《えじき》になりそうにもないのは、良識のある人間としてはほっとするよ。うちの一族の女は男を尻に敷くからね』

彼には二人の姉がいるらしく、末っ子らしい扱いを受けていたようだ。長子の朱巳は、少し羨ましく思った。

『朱巳くん、そろそろだ』

「清音ちゃんストップ、待って！」

先行する清音に後ろから声をかけた。彼女は漕ぐ足を止めて、ゆっくりとブレーキをかける。朱巳の古い自転車はキィキィと閑静《かんせい》な住宅街に響いた。

周囲を見回して清文に伝えやすい特徴を探す。

「古い住宅地と新しい住宅地の境目にある細い道にいます」

『なら古い住宅地の方だね。綺麗とは言えないアパートはない？　汚すぎないけど古いアパート』

二人に伝えて条件に合うアパートを探した。汚すぎるアパートと新しいアパートを見つけたが、清文の言う〝汚すぎない〟に当てはまらず悩んでいると、淳が呼んだ。

「ここ、アパートじゃないけど、清文さん物件詳しくなさそうだし、一家が住むなら広さ的にアパートよりもちょうどいい感じじゃね？」

彼が指さしたのは、若干《じゃっかん》古くなってきた感じのするテラスハウスだ。二階建て長屋などとも呼ばれるその建物は、条件に合っているように思えた。

「なるほど。他にないし、ここかもしれないな」

朱巳は淳に親指を立てた。すると彼は照れくさそうに視線をそらし、テラスハウスを眺める。

彼は清音との関係を理解したらいなくなるかと思っていたが、なぜか捜索にも参加している。よほど二人きりにするのが心配か、みかがみ様の仕事を重視しているかのどちらかだ。どちらにしても、手伝ってもらえるのはありがたい。

「で、清音、落とし主の名前は？」

淳はハンドルから手を離してぶらぶらさせながら清音に問う。

「隼斗くん」

「名字は？」

「分かんない」

「どう探せと。家族の名前まで書いてある表札なんてないぜ」

今時、家族構成が知られるような表札をつけた家は少ない。下手をすれば名字すら出ていないこともあるのだ。

悩んでいると、テラスハウスのドアが開いた。老夫婦がテラスハウスの前にたむろする若者達を見て、胡散臭《うさんくさ》げな目を向けた。

ふと、分からないなら聞けばいいのだと気づいた。

「あの、すみません。ここに隼斗くんって中学生が住んでるはずなんですけど、どの部屋に住んでるかご存じないですか？」

「君は、隼斗くんのお友達かい？」

「はい。ちょっと返したい物があって寄ったんですけど、よく考えたらどの部屋か知らなくて」

　老夫婦は顔を見合わせた。

「あの子なら引っ越したわよ」

　バスで見かけなくなった理由が判明し、朱巳は頭をかいた。

「え、そうなんですか。タイミング悪いなぁ。あの、どこに引っ越したか分かります」

「さあ。男手一つじゃ大変だからって、実家で祖父母と同居するってだけ聞いてたけど、どこかまでは……」

「そうですか。ありがとうございます。お引き留めしてすみません」

　朱巳は頭を下げて、不審者と思われないように二人を連れてテラスハウスの前を離れた。引っ越ししても知らせてもらえない、電話もしない自称友人など、危ない人間と勘違いされてもおかしくない。

『朱巳くん、人見知りしないよね……』

　呆《あき》れたような清文の声が聞こえた。

「お年寄りと話すのは慣れてますから」

『そうやっておばさま方をたらし込んで可愛がってもらうタイプだね』

「たらし込むなんて失礼ですよ。皆さん親切なだけなんですから」

自称人見知りの清文の軽口に笑って返す。

「よくとっさにあんだけ口が回るよな」

「そういえば、おばあちゃん達とお菓子作ったんだっけ。芳美さんみたいな他人の目を気にしないでずけずけ言うのとはまた違ったタイプだね」

「土足で踏み込んでくタイプよりは、ただコミュ力高いだけの方が安心できていいんじゃねぇの」

清文も前任者は残念な人のように言っていたが、だいたいどういう人か理解できた。

「おーい、お兄ちゃん、この後はどうすればいいの？」

清音はヘッドフォン越しに清文に呼びかけた。

「つか、落とし物なら素直に警察に届けたらどうだよ。みかがみ様も万能じゃないんだぞ。なんつーか、ストーキングに力貸してる気分になるしよ」

淳がまっとうな意見をした。清音のように初対面でも分かるお転婆な少女には、彼ぐらい落ち着いて意見が言える少年はお似合いに思えた。もちろん清音の好みでないなら話は別だが、思わず見守りたくなる微笑ましい関係だ。

『淳くんの言うことはもっともだけど、今回ばかりは探し主が近くにいると思うんだ。もう一度バス停に行ってくれないかな。今度は別の道を通ってさ』

「別の道でバス停に？」

朱巳はスマートフォンを手にして地図アプリを開く。現在地とバス停の道を調べると、近道があるのに気づいた。

「別の道を通ったのかな」

通学路は可能な限り近道をする。裏道があるならそこを通る。そして通学時に落としたなら、住んでいたアパート以上に通学路を丹念に探すはずだ。

「気持ちは分かるけど、今回は持ち主がお守りを探してこの辺りにいるかもしれないそうだから、もう少し探そうって。中身が遺髪っぽいからさ」

「……そういうことか。清文さんが言うなら、そうした方がいいんだろうな」

淳は清音のことは信じていないが、清文のことは信じているようだ。

(信じる信じないは、好きかどうかは関係ないってことか)

信じなきゃいけないという思い込みがあった朱巳には、新鮮な関係だ。

話を半分しか聞いていない清音が、無邪気に自転車を漕いで地元の人しか使わなそうな細い道に入っていく。

少し進むと、側溝をのぞき込む少年を見つけた。後ろ姿は何かを必死に探しているようだった。

思わずブレーキをかけ、同じくブレーキをかけた清音に視線を向ける。

「やった！　さっすがお兄ちゃん！」

彼女は小さくガッツポーズを取る。こうして本当に探し出せてしまうと、複雑な気持ちになる。以前はオカルトなどまったく信じていなかったのに、見つけられるのが当たり前のように思っている自分がいるのだ。

「でも、どうやって説明するんだ？　名字知らないぐらい赤の他人なんだろ？」

淳が清音に問いかける。いきなり声をかけられて、あなたの落とし物はお守りですかなどと言われたら喜び以上に恐怖を感じるだろう。

ほんの少しでも知り合いかもしれない清音に声をかけさせるべきかと考えていると、背中を叩《たた》かれた。

「さ、朱巳ちゃん！　さっきみたいに！」

「え？　僕？　いや、ここは顔見知りの清音ちゃんが」

「あたしはバスそんなに乗らないから、顔を知ってるだけだもん。だからどっちでも一緒よ。これもいい経験よ。大人相手にやるよりはハードル低いっしょ」

再び背中を叩かれる。

『その子は煽《あお》るだけ煽って、自分では一切何もしないタイプの質の悪い女だよ』

「ええ……」

もっと積極的に楽しむのかと思っていたから、意外だった。将来は本当に妹のような小悪魔になってしまうのかもしれない。

「でも、僕が声をかけたら、変質者扱いされるんじゃ」

「かつあげ扱いはあっても、変質者はないよ。朱巳ちゃんはどっちかって言うと、変質者に狙われる方っしょ」

「確かにおっさんにお尻を触られたことはあるけど……」

「すごい、男の人なのに男に痴漢されたことあるんだ！」

清音はきらきらと目を輝かせた。この可愛らしい表情が、男に痴漢された男を見て出てきたものでなければ、もう少し違った感想が出てきたのだろうが、今はただドン引きした。彼女を好きな淳ですら引いている。

『しかし練習するなら中学生ぐらいがちょうどいいのは間違いない。変な人扱いされても芳美さんみたいに気にもしない鋼の心臓の持ち主でないなら、上手いことやれるようにならないと』

「芳美さん、天職だったんですね」

何度か会って、親しくなるなど時間をかけていいなら朱巳でもできるかもしれないが、これはそんなに時間をかけられる仕事ではない。

「まあ、やってみますよ」

朱巳は考えがまとまらぬまま、自転車を立てて路地に置かれた植木鉢を持ち上げる少年に声をかけた。

「ねえ君、探し物？」

「え、はい」

側溝の中を木の枝でつついていた彼は、振り向いて顔を上げた。眼鏡をかけた、知的な少年だ。バスに同乗するだけで好きになってしまうのも頷ける、整った顔立ちをしている。淳がスポーツマンタイプなら、彼は文系タイプだ。見た目だけならとても賢そうに見える。

「ひょっとしてお守り落とさなかった？」

「――なんで知ってるんですかっ⁉」

当然ながら彼は驚いて声をあげて朱巳の腕につかみかかるように手を伸ばしてきた。彼に朱巳が想像した恐怖に通じる戸惑いはなく、ただ必死につかみかかってきた。

まさか体当たりする勢いでつかみかかってくるとは思っていなかった朱巳は、後ろに倒れて尻餅をついた。

「ああ、いや、その、君の落とし物を見つけた人に、君を探すように言われて」

近くで古いお守りを拾ったとだけ言えばいいのに、尻餅をついたショックで、余計なことを言っていた。

「え？　探すように？」

「あ、髪の毛が入ってたから遺髪かなんかじゃないかって思って」

「でも、どうしてわざわざ、どうやって……」

君を一方的に好きになった女の子が拾って探させた、などと言ったらそれこそストーカーの片棒を担いでいる変質者だ。

「かわいそうだからって、みかがみ様が」

「え？　ええ？」

説明するほどに彼は混乱した顔をする。朱巳もそれを見てさらに頭が回らず、舌が空回る。

「それじゃあただの怪しい人でしょ！」

背後から頭を叩かれて、朱巳は仁王立ちする清音を見上げた。

「いきなり『みかがみ様』なんて言ってもクソ怪しいでしょ。クソ怪しい宗教の勧誘してるんじゃやないんだからね！」

「うぅ……だってこんなこと説明したことないんだもん」

「朱巳ちゃんは見た目によらずクソ可愛いわね！」

理不尽なことを言いながら、清音は朱巳と一緒に倒れた隼斗に手をさしのべた。彼は二人を見比べて、恐る恐る口を開いた。

「みかがみ様って探し物の神様の？」

「あ、なんだ知ってるんだ。話が早くて助かったわ」

清音はからからと豪快に笑った。

「お守りはみかがみ様の所にあるから、ほしければついてきて」

「ほしければって、清音、それはないだろ。説明しすぎるのも混乱させるけどさ、説明しなくても混乱するんだから、もう少し言葉を選べよ」

淳はため息をついて首を横に振って清音を諫《いさ》める。

「じゃあなんて言えばいいのよ。神様の指示で来ましたって素直に言う以外に何ができるのよ。あたし達が近所の人間ならともかく、この町内の住民でないのバレバレなのよ？　やっぱり芳美さん方式が一番分かりやすいのよ」

清音は身内の常識と世間の常識の差を理解している。常識を理解していても、常識的とは限らないだけだ。

(うーん。占いで来たって言えば多少はマシなのか？　いや、どのみち依頼主がストーカーめいているのは隠せないか。ストーカーを隠すのが一番困難なんじゃ？)

「とにかく、先に立ったら？」

清音に言われて、隼斗は立ち上がり、下敷きになっていた朱巳も立つことができた。

「こっちにも色々とあるけど、うちのみかがみ様は、子供の頃に母親亡くしてるから、ああいう形見みたいなのに弱いのよ」

ヘッドフォンの向こうで、ぐぅとうなり声が聞こえた。

「とにかく、拾ったお守りが大切そうだったから、善意で君を探したってことで、神社まで取りに来なさいよ」

「神社って、泉水《いずみ》神社？」

清音は自信たっぷり頷いた。怪しさを緩和させるつもりはないようだ。朱巳は頭をかいて、言葉を探す。

「うちの神社は別に怪しい宗教やってるわけでもないし、勧誘とかはしないし、こっちが勝手にやったことだからお礼もいらないから」

言い訳の言葉はすぐに尽きて、空を見た。よく晴れて、時折春らしい突風が吹く。

「まあ、実際にお守りを確認してくれれば話は早いよ」

怪しい話をする怪しい一団を前に、彼はあっけにとられた顔をしたまま、固まっていた。いくら言い訳をしても理解はしてくれないだろう。

「お守りいらないなら、こっちで勝手に処分するけど」

「い、いります！　行きますっ！」

隼斗は必死になって食いついてきた。彼が本気で探しているなら、理解せずとも来てくれる。来てさえくれれば、返すことができる。

「じゃ、行こうか」

理解してもらおうとするからややこしくなるのである。

◆◇◆◇◆

戻ってきた少年少女達は各々面白い反応をした。慣れた清音は座布団を出し、朱巳は冷やした水出しの緑茶と、もらい物の高級バームクーヘンを出す。

そして祭壇のあるこの部屋に入ったのは初めての淳は、おっかなびっくり辺りを見回し、初対面の隼斗は座敷牢呼ばわりされる格子を凝視《ぎょうし》した。

いつもは中年以上の人間ばかり相手をしているから、若々しい彼らの姿を見るのは新鮮な気持ちになる。

「いらっしゃい。緊張せず、くつろいでくれていいよ」

清文は隼斗に声をかけた。印象を損ねないため、客を迎えるための和装に着替え、脇息《きょうそく》にもたれ掛かってゆるりと座布団を勧める。

白檀《びゃくだん》の香りが残る部屋でぼんやりしていた隼斗は、はっとして座布団に正座した。

特別な視覚や香りは容易に非日常に引きずり込む。客によってはもっと高い香を焚《た》くこともあるが、大人よりも素直な年頃の彼は、この程度でも清文が作り出したこの空気に呑まれて、緊張している。

「お兄ちゃん、着替えたんだ」

「お客様をお迎えするのに、部屋着でいるほど不作法ではないよ」

騒がしい姪に笑みを向けると、彼女はどかりと座り込む。

どうしてこんなにがさつなのだろうと思うが、それでも可愛い姪だ。

朱巳が隼斗を自転車の荷台に座らせて二人乗りでここまで帰ってきたため、行きよりは時間がかかったので着替える時間は十分あった。適当に結んでいた髪も見栄えがいいように結び直してある。

「なんでそんな昭和臭溢《あふ》れる恰好が好きなんだか」

「清音。君は昭和を何だと思ってるんだい。君の両親だって昭和生まれだよ。昭和は長いから世代が広いんだ」

清音の心ない突っ込みに、清文は笑顔で応えた。

「あ、そうか」

「だいたいこれは昭和より前から代々受け継いでいるのだと、何度言ったら分かってくれるのか。これも昔作られた魔除《よ》けのこもったものだから、貴重な物なんだよ」

残念な姪は仕方なさそうに肩をすくめる。そして朱巳が出した冷えた緑茶を飲んだ。

「あ、なんか高そうな味がする……」

清音の隣に座った淳は、緑茶を飲んで呟《つぶや》いた。

「そりゃあもらい物だからね。日常使いするような安いお茶を、わざわざ持ってくる人はいないもん」

「そりゃそっか。清文さんに何か持ってくる人はガチなの選ぶしなぁ。これも高そうなバームクーヘン。デパートで売ってるようなヤツだよな」

バームクーヘンは美濃焼の皿に見栄え良く盛ってある。朱巳はセンスがないと自称する割には、高級感を出す切り方、皿の選び方、盛り方をしている。料理と服装の美的センスの何がそんなに違うのか、清文には理解しがたかった。

「まだあるから、おかわりが欲しかったら言ってね。清文さんはあんまり甘い物は量を食べないから、封を切ると余っちゃって食べてくれる人を探さなきゃならなくなるんだ」

朱巳は少年二人に、大皿に盛ったバームクーヘンを見せた。

文仁も甘い物は好きだが、人並み程度しか食べない。バームクーヘンのような大きな物は、一度に食べきれる人数が揃った時でないと開けにくい。だからこうして客が来た時に開けて出してたり、持ち帰ってもらうこともある。

「隼斗くんだったかな。そういうわけだから、君も遠慮なくどうぞ」

「あ、ありがとうございます」

ひどい説得で連れてこられた少年は、困惑顔で切子グラスに手を伸ばす。

清文はお茶を勧めて彼が喉を潤したのを確認してから、文机の上に置いたお守りを手に取った。

「朱巳くん、これを彼に確認してもらってくれるかな」

確実に電子機器を身につけていない朱巳にお守りを差し出した。朱巳は格子の隙間からお守りを手に取ると、ぽかんと口を開けている隼斗にそれを見せた。

「これで間違いない？」

隼斗は慌《あわ》ててグラスを置いて、お守りを大切そうに受け取った。

「これです！」

「やはり大切なものだったんだね。大切にされている物は持ち主を探しやすい。君の思いがなければ子供のお使いで見つけることはできなかっただろうよ」

清文が動くと着物に染み付いた香りが広がる。市販のお香でけっしてオカルト的なものではないが、いい雰囲気を作ってくれるので気に入っている。

隼斗はお守りの中をのぞき込んで一瞬喜び、しかしすぐに落胆のため息をついた。

「あの、これの近くに指輪は落ちていなかったでしょうか？」

「指輪？」

清文は疑うように清音を見た。彼女か彼女の友人が、高い物をネコババしているのではと疑ってしまうのは仕方のないことだ。

「し、知らないよ！」

彼女は慌てて首を横に振る。しかしずる賢い女子中学生が相手だと、そんなに簡単に信じられるものではない。

「あ、いえ。俺が転んでお守りを落としたのが悪いんです。たまに出して眺めてたから、縛ってあったわけじゃないんで」

隼斗はため息をついた。

「側溝に落ちてどこかに流されたのかなって探してたんですけど、お守りだけでも戻ってきてすごく嬉しいんです。おっしゃっていたように、母の遺髪が入っていたので」

朱巳が同情するような視線を向けるのは、彼も親を亡くしたばかりだからだ。

「気持ちはよく分かるよ。私も早くに母を亡くしてね。だからわざわざ占ったのさ」

清文は目を伏せて言った。大切にする気持ちも、同情する気持ちも理解できる。

だから優しく言葉をかけようとした。

「占い……ですか」

「そうだよ。探すことしかできないけれど、よく当たるって政治家の先生方が来ることも珍しくない。縁起のいい場所、みたいなのは教えられるし」

清文は涼しげなグラスを見ながら言う。ずっと家にいた清文にはまだ冷たすぎるが、外から帰ったばかりの彼らにはちょうどいいだろう。

「占いなんかに頼るのは――」

「ねぇ、なくした指輪って高そうなの？」

清音が空気と間を読まずに、清文の言葉に被せて言った。出鼻を挫《くじ》かれた清文は、睨まないよう微笑みながら彼女を睨んだ。

「あ、いや。高そうではないよ。けどお守りだけでも戻ってきて嬉しいです。引っ越したから、探しに来るのも遅れて、もう見つからないと思ってたんです。ありがとうございます」

良かったねと言いたい気持ちと、まだ可哀想だという気持ちがまぜこぜになって胸にこびりつく。清文は親のことで同情されるのは好きではないが、親のことだから哀れむ気持ちは抱いてしまう。

「ねぇ、指輪ってどんな指輪なの？」

清音はさらにずけずけと聞く。彼女のこの図太さは彼女の母親である、清文の姉に似たものだ。その姉は芳美の影響が強く、辛《つら》い目に遭っている人を見ても笑っていられる人だ。他人の事情でいちいち落ち込んでいたら、預かっている園児達に心配をかけてしまうから、人と接する仕事に向いている性格だ。

「普通の結婚指輪だよ。安い素材だから、売っても二束三文にしかならないって」

「安いならホワイトゴールドかな。変な隙間に入っても傷つきにくくていいわよ」

清音はふむと頷いて清文を見た。さらりと素材を口にできるのは、さすが女の子だ。

「お兄ちゃん、見つけられる？」

何の迷いもなく聞いてくる。見つけられるなら断らないと思い込んでいる。

「だいたいの場所は分かるだろうけど、見つけ出すのは私ではない。森の中から木を指定することはできても、どこの枝かまで指示するのは不可能だろう」

「ほんと、使えない神様ねぇ」

清音は目を細めて清文を睨み付けた。清文は笑顔を崩さず受け流し、隼斗に視線を向けた。

彼は我を忘れて身を乗り出し、格子にぶつかるようにすがりついた。その必死な表情ときたら、慣れない朱巳では押し倒されて、素直に〝みかがみ様〟の名を口に出してしまうはずだ。

「ほ、本当に見つけられるんですか⁉」

「見つけられるかどうかは本人次第。あと、お守りについては君が依頼主ではないからお礼は必要なかったけど、君自身が依頼するとなると、君がみかがみ様にお礼をしなければならないよ」

「お礼？」

彼は不安そうな顔をした。

「ああ、みかがみ様は礼儀知らずには祟《たた》るからね」

すると彼は考え込む。中学生の小遣いで出せる限界を考えている。

「お兄ちゃん、意地悪なこと言うわねぇ」

「難しいことでも意地悪なことでもないだろう。誰かに力を貸して、お礼もしなかったら人間ですら怒るだろう」

頼るだけで、感謝をしないのは問題外だ。

「難しいことではないよ。ただ感謝を形にすればいいんだ。大人なら感謝の形はお金で現れる。誘拐された犬を見つけてあげた女性は、お金と、朝から並んでしか買えないお菓子を持ってきてくれたね」

彼女は美人だった。失恋したばかりでつけいる隙があるかと思ったが、なぜか朱巳とばかり親しくなっていた。同じ犬派だからだろう。少し悔しくて、切なかった。

「滅多に手に入らないお菓子はいいよね。お兄ちゃんはダイエットとか言ってプロテイン飲んでるのに、無類の甘党なもんで貢がれたらお菓子をついむぐっ」

「清音、余計なことは言うな」

淳が清音の口を後ろから手で塞《ふさ》いでくれた。一緒に行動して慣れたのか、朱巳が困った子だとばかりの温かい視線を向ける。

この様子では、姪が理想の嫁を手に入れる日はないようだ。

「すまないね。うちの姪は素直すぎる所があって、失礼なことを言っていないといいけど」

朱巳の妹も似たようなタイプの少女のようだ。この家系の女はみんながさつに生まれてくる呪いでもかかっているのかと疑いを抱いてしまう。

「子供なら……そうだね。労働でもいい」

「労働？　何かお手伝いすればいいんでしょうか？」

「例えばそうだね。この季節は雑草が生えてくるし、手入れされてないって勘違いされてどうだろう。実は山の上にも社があるんだけど、社《やしろ》を綺麗にして差し上げるのは心霊スポット扱いされていてね。大切にされているって分かるように綺麗にすれば、馬鹿な若者も減ってきっとお喜び下さるよ」

彼は頷く。

「それだけでいいんですか？」

「そうだね。もう少ししたら近所の人達が集まって、山菜採りや、タケノコ狩りをする。それに参加して、成果をお供えするのもいいね。それか今度お祭りでボランティアを募集している。うちの神社で預かっている猫達の世話をするための募金をするから、それに参加してくれてもいい。春はすることがたくさんあるから、感謝した分、労働で返せばいい」

仕切っている年寄り達も、若者が増えるのを歓迎する。彼らは若者が自分から何かを学ぶのが好きで、犬のような気性で教えを請《こ》う若者がいれば機嫌が良くなる。朱巳が気に入られているのは、そういう犬のような部分だ。

「指輪が見つかるなら、掃除も、祭りのお手伝いも、肉体労働も頑張ります！」

隼斗は全部やることを選んだようだ。

「それはよかった。何でもする気がある必死な人ほど探しやすいんだ」

清文は鉄瓶を手にして、朱巳に差し出した。

「朱巳くん、水を」

朱巳は水差しを持って庭に出ると、蛇口をひねって井戸水をくむ。その間に清文は朱塗りの大盃を用意した。

「ふふ。まともな失せ物探しは久しぶりだな」

大盃を使うのにためらいがない。気に食わない依頼は、つい茶碗をつかって適当に占ってやりたくなるのだ。

「え、よくお客さん来てるのに？　お兄ちゃん、普段は何を探してるの？」

「清音。大人がお金を払って探したいと思う物は、心から大切な物であることは少ないんだよ」

「なんで？　別に金持ちの偉そうな人ばっかりじゃないでしょ？」

「お金だとか、お金で買える物は大切だけど、心から大切とは限らない。大切にしていたぬいぐるみがあったとしても、金銭的価値のないものを探すために、わざわざ遠方からやってきて、新品がいくつも買える額を払うかどうかってことだよ」

「ああ……払わないわ」

清音は素直に頷いた。

「お金があるのに払いたくないって大人に情けをかけるほど私はお人好《よ》しではないからね」

だから自分にできることは何でもするつもりのある少年の願いは、純粋で楽しい。

「とにかく得をすることばかり考える汚い大人ばかり相手をしていると、猫探しですら癒やしになるんだよ。なぜか私に人生相談をし出す人もいるし。私は世間に疎いからそういう相談事が苦手でね」

「そうよねえ。外に出られない体質の人間に人生相談してどうすんの」

「まったくだね。私が導けるのは探している先だけなのに」

清文は誰よりも薄っぺらい人生経験しかないのを皮肉に思いながら、大盃を格子の前に置いた。

「さて、隼斗くん。君が探しているのは私が導くのを最も得意とする〝形のある物〟だ。見つけたいと思うなら、盃に手をかざして。君が本当に大切だと思っているなら、私が探す以上に見つけやすいから」

隼斗に手をかざすように促《うなが》すと、彼は恐る恐る手を格子に差し入れた。

「こう、ですか？」

「そう。そしてみかがみ様に願い、思い浮かべて。私はそれの形を知らない。だから君がみかがみ様に教えるんだ」

白檀の香りの中、清文は大盃の縁に指を滑らせた。

これが使用済みのティーカップなら、隼斗は本気にはしなかったはずだ。しかし清文が作り出した空気は信じていない者ですら飲み込み、不思議な気持ちにさせる。

人の話を聞いたりテレビやネットでしか現在の外を知らない薄っぺらな人生だが、人をその気にさせる方法だけは、先祖の教えと、自分自身の確かな経験に基づいて身につけることができた。

少年がかざした手の平の下の水面がわずかに揺れた。それはかざした手の震えや、大盃の縁に乗せられた清文の指などの外的要素によるものだが、不思議と神秘的に見える。

その揺れた水の中に、表現しがたい光景が見える。他人が見てもそれが〝見えている〟ものだとは思わない。しかし清文には見えていると断言できた。他に見えていそうなのは、隼斗の後ろからのぞき込んでいる朱巳ぐらいだ。清音は見ようともしていないだけだが。

「水の流れが見えるね。でも見えるだけで指輪の周りに流れはほとんどない。浅くはないが深くはない。そして明るい。側溝の中ではないね」

清文は水晶玉をのぞく占い師のように水面から読み取り、じわりじわりと言葉を綴《つづ》る。

「ああ、これは川の中じゃないかな」

「川？」

「先週は雨が降ったからね。バス停は川沿いだし、側溝の水なんて川に垂れ流しだから不思議ではないよ」

川が今どの程度の水量なのかは分からないが、幼い頃に見た川はさして水が多くなく、地面がむき出しになって草が生えている場所もあった。

「うげ、この春先に川渫《さら》い？」

「清音は本当に空気の読めない子だね。真冬じゃないだけよかったろ」

雪解け水が流れ込んできているから、川の水はさぞ冷たいのだろうが、それでも今日はよく晴れて暖かいから、真冬よりはいい。

「だいたいの場所までは誘導できるけど、どうする？」

「や、やります」

隼斗は迷わず立ち上がった。

「そうだな。日が暮れるまでは時間があるし」

「そうだね。タオルと暖かい物も用意しておこうか」

淳と朱巳も立ち上がる。

淳は今時珍しい熱血漢な少年だ。清音のように元気と顔だけの女にはもったいないと感じてしまうが、その元気と顔というのは、あの年頃の少年には魅力的に映るのだ。

「そうかい。では私もできるだけ近い場所まで誘導できるように努力しよう。そのために、先ほど返したお守りをもう一度貸してくれるかな。一緒に保管されていた物なら縁が強いから、探しやすくなるんだ」

隼斗からお守りを受け取ると、彼らを送り出した。遺髪の主は息子に苦労させるなら指輪など諦めて欲しいと思うかもしれないが、こういったことは生者の我が儘だ。

「川遊びなんて久しぶりだなぁ。釣りはよくすんだけどよ」

「綺麗な川だからよかったよ。宝探しみたいでわくわくするねぇ」

手伝うつもりの二人は、悪いと思わせないためか軽口を叩く。

——青春か。まだ私の年頃でも青春している人はしているだろうに、なんて縁のない単語だろう。

清文にはあまり縁のなかった、遠い昔のことのように思える話だ。だからこそまぶしくて、手助けしたくなるのだ。

自分にはできなかった満足を、自分の代わりにさせてやるため、清文はお守りを手に大盃をのぞき込んだ。

◆◇◆◇◆

水は冷たいが、綺麗なのが救いだった。

よく晴れて日差しが強く、丸めた背中に熱を感じるのも助かっている。

「底が見えるから、どぶ川と違って救いがあるな。冷たいけど」

ジーンズの裾が濡れないようにまくってみたが、すぐに膝辺りまでべとべとになった。妹に叱られるだろうが、話せば理解してくれるはずだ。

「朱巳さんジーンズずぶ濡れっすね」

「後で服借りなきゃいけないかも」

「隼斗のは俺の服でサイズ合うだろうけど、清文さんって服持ってるんですか？」

「ジーンズは一本だけって言ってたけど、持ってるはずだよ。ジャージは何着かあるし、最悪はおじさんに借りよう。清文さんのジーンズなんて、絶対に裾が長い」

ウエストは朱巳の方が細いぐらいかもしれないが、清文の方が背が高くて足も長いから、ジーンズなど借りたら分かっていても傷つくのが目に見えていた。

「清文さん、あんな所に閉じこもってるのにスタイルいいですもんね」

「あの人は毎日山の中を散歩してるよ。幽霊と間違えられるぐらい」

心霊スポットになりたくないと言いながら、自ら心霊スポットを作りに行っている。それもすべてそのスタイルのため、有酸素運動をするためだ。

「え、それって山にある廃神社で出るって噂《うわさ》のですか？」

隼斗が水草をかき分けながら問う。

「滅多に人が行かないだけで普通に手入れしてるよ。ただ古い社がある山の中で、提《ちょう》灯《ちん》持った和服着た髪の長い男がいたら幽霊扱いされても仕方ない」

「提灯って、こえぇし。あの人、俗世から離れすぎててたまに面白いよな」

淳は手を動かしながらケラケラ笑った。

朱巳は水辺でヘッドフォンをかけているのは不安だったため、荷物は河原に置いている。だから清文に会話を聞かれていないので、朱巳も淳も少し気が強くなっていた。

石の隙間を探し、金属の輝きを見逃さないように目を光らせながら、くだらないことを話す。

「淳くん、近所の人からすると、あの人ってどんな扱いなの？」

朱巳はなかなか聞ける相手がいなかった質問を、内緒にしてくれるだろう少年に投げかけた。

「うーん、会いに行けるイケメンな神様」

「使いとかじゃなくて神様扱いなんだね……」

一週間ほど働いてみたが朱巳の印象は『面倒臭さと引き替えにすごい体質になってしまった人』だった。体質も占いもすごいが、当の本人が不自由にあえいで、なんとかして現代の恩恵にあやかろうと工夫し、幽霊などのオカルトを否定するのを見ていると、神様の使いというのも怪しく感じるほどだ。

「みかがみ様のことはよく分かんね。神様っていうより、ご近所のアイドルの方がしっくりくるかも。ジジババの話も聞いてくれるし、イケメンだし、猫好きだし」

朱巳は彼の表現が、妙にしっくりすると感じて驚いた。彼の力は否定していない。それでも神様の使いと言われると、胸がもやもやする時があった。しかし会いに行けるご近所のアイドルという言葉は、胸にすとんと落ちたのだ。

「偶像って意味ではアイドルなのは正しい表現ですね」

隼斗の意見に、淳が首を傾げた。

「なんで正しいんだ？」

「アイドルってのは偶像って意味だよ。崇拝の対象、神様や仏様の像のことだよ。現代的な意味でも、元の意味でも合っているから、面白いなって」

「へぇ。清文さん、由緒正しいアイドルだったのか」

一瞬、歌って踊る清文の姿を思い浮かべた。顔がよくて格好つけな部分があるから、あまり違和感がなかった。

「外に出られたら地元アイドルとして売り出せたのになぁ」

「売り出してどうするんだよ」

　朱巳はどさ回りする清文を思い浮かべ、笑うのをこらえるのに苦労した。誰も見ていなければ、吹き出していただろう。

「あのさ、清文さんって、ひょっとしてずっとあそこにいるの？」

　隼斗は聞きにくそうに訊《たず》ねた。

「ああ。あんまり外に出ると被害が出るからな。あの人、植物を枯らすだけならともかく、電子機器を壊すからさ。下手に外に出たら祟り神扱いされるから、先祖代々自主的に封印されてるんだよ」

「先祖代々……自主的に」

「実際には道を歩かせると雑草が生えないからって、一部ではけっこう重宝されてるみたいだけどな」

　神社の道も除草剤をまいているのかと思うほど綺麗だ。合鴨《あいがも》にはなれないが、雑草除けのまじないぐらいにはなれるらしい。

「だけどまあ、ごくたまに、市街に出ることもあるらしいぜ。普通の自動車に乗れないから、移動がけっこう大変みたいだけど」

「自動車に乗れない？」

「ああ。今の自動車は電子制御されてるから、乗ったら一発で壊れるとか」

数百万の価値がある物が人間一人が乗っただけで壊れるなど、馬鹿らしく信じがたいが、清文にとっては馬鹿らしいと言えない深刻な事情だろう。

「そんなに……？」

占いを少しでも信じてなければ彼はこんな所にいない。しかし家電クラッシャーっぷりは、実際に体験しないと実感できないものだ。

「ほんとなんだって。俺も子供の頃に信じずに神社へゲーム機持ってったら壊れてさ。母さんになんで信じなかったんだって殴られたっけ。あ、間違ってもスマホで写真撮ろうとかするなよ。フィルムのカメラでもない限り危ないらしい。最近はデジカメばっかだから、旅行者がたまに発狂してるって清音が言ってた」

「泉水神社の呪いってつまり清文さんが原因なの？」

「知ってるのか。おまえオカルトマニアか」

「マニアじゃないけど嫌いじゃないよ。それに有名だし」

同年代の二人はすっかり打ち解けている。清音は朱巳の代わりに清文の世話をすると言ってここには来ていない。清音が隼斗をまったく好きでないのは本当のようだ。

朱巳は清文の言葉を思い出しながら目をこらす。

流れは速くない場所。浅くはないが深くもない。浅くはないのは指輪と比べてだ。

そして明るい、日差しの当たる場所。そしてそれ以外は何も言っていない。つまり目立つ手がかりがない場所だ。手がかりがない、人間からしたら浅い場所だ。

朱巳は水の流れのほとんどない場所を目で探し、かじかんだ足で流れが本当にないのを確認する。

日はもうずいぶん傾いていた。いつもなら夕飯の準備をしている時間だ。冬よりは日が暮れるのは遅くなったが、それでも小さな指輪を探せる時間は残り少ない。

天気予報によると、来週は雨が降る。流れが穏やかな川も、雨が降れば流れも速くなり、指輪は見つからなくなる。

条件だけではなく、清文がのぞき込んでいた大盃を思い出した。

あの時は、ただの大盃の中に、確かにぼんやりした流れが見えたのだ。しかし今、あの時の感覚を思い出せない。それができるのが清文なのだろう。

その時、玩具《おもちゃ》の兵隊の行進が鳴り響く。朱巳のスマートフォンの着信音だ。

川から上がって骨伝導ヘッドフォンを身につけ、通話ボタンをタップする。

『やあ、頑張ってる？』

「手足が冷たいです。なんですか？」

『適度に疲れているかな。そろそろ、なんとなく、見つかりそうな気がするんだ』

本来なら「なんとなく」という言葉は信用ならない。しかし清文に限っては話は別だ。朱巳は川の中に戻る。

「川の中、流れがない場所。指輪から見たら深く、人間から見たら浅い場所ですよね」

『そうそう。君はセンスがいい。目を細めて、ぼんやりと探すんだ』

視界を引いて、全体をぼんやりと探した。

『難しく考えることはない。疲れてぼーっとしているぐらいでいい。指輪のことすら忘れていい。ただ探し物があることを頭の隅で意識して見る』

言われるがまま、ぼーっと見た。頭を空っぽにして、指輪のことすら考えないのは難しいが、清文の声が聞こえると、まるで彼が背後にいるような感覚がして落ち着いた。最近の電子機器はすごいなと感心しながら、ゆっくり歩きつつ見た。

不意に何かを見つけた気がして手を伸ばした。冷たい水に浸《つ》かった手には、砂利《じゃり》の感覚と――

「あ、指輪」

いつの間にか、砂利の中に隠れた銀色の指輪を手にしていた。

「えっ」

少年達の驚愕《きょうがく》する声が聞こえ、ばしゃばしゃと水音が立つ。

朱巳は目を細めて、指輪の内側を確認し、転んでしまいそうな勢いで走り寄る隼斗に目を向けた。

「イニシャルが〝A・Y〟。隼斗くん、これで間違いない？」

「はい、それです！」

隼斗は震える手で指輪を掴んで確認する。その手が震えすぎていて、落としてしまいそうでハラハラするほどだった。

「これだっ！」

眼鏡の下で歓喜に染まる目を見て、朱巳も嬉しくなった。

「本当に見つかるなんてっ」

彼は手の平に指輪を乗せて、大切そうに握りしめた。

「自分で見つけて何だけど、本当に見つかるとは……」

「朱巳さん、なんか特別な力に誘導されて見つけたんじゃないんですか？」

「……そうなの？」

「トランス状態みたいな雰囲気でしたよ！」

隼斗は指輪をポケットにしまいながら、興奮して言った。

「全体を見るようにぼーっと探せって言われたから」

「あれただぼーっとしてただけなのかよ」

淳がため息をついた。

探していた時は言われたままぼーっとして探した。しかし気づいたら手にしていたのは、オカルト的な力が働いたようにも思えた。

「ま、よく分かんないけど見つかってよかった。日が暮れる前に戻ろうか。身体も冷えたろう」

朱巳の代わりに清文の世話をしているはずの清音が、手足をあたためるために風呂を用意してくれているはずだ。

「朱巳さんってあんまり深く考えないタイプですね」

「考えて意味があることなら考えるけど、考えて分からないことは考えないのが一番だよ。みかがみ様のことはよく分からないけど、神様が見つけてくれてるなら神様に感謝するだけだよ」

清文に誘導されたら捜し物は見つかるという事実が大切なのであって、どうして見つかるかは考えてもしかたがない。

「みかがみ様って本当だったんだ……」

隼斗は感慨深い面持ちで呟いた。淳はそんな彼の肩を叩く。

「ああ。本物だから、奉仕は忘れるなよ。優しい神様だから大丈夫だろうって楽観視する奴がいるらしいからさ」

「忘れないよ。むしろ忘れたら怖い。奉仕程度で力を貸してくれる神様なんて、逆に怖い」

本当に神様なのか、そういう超能力のある家系なのか、もっと他の理由があるのかは分からない。

だが求める物を見つける力は本物だ。本物の力がある存在との約束を破るのは、少しでもオカルトをかじっていたら怖くてできないだろう。

「そうそう。忘れたら今度こそなくなるからな。みかがみ様の祟りは命に別状はないけど、大切な物をなくすんだ。それで離婚した馬鹿な奴もいるぜ」

「離婚？　どんな複雑な祟りがあったらそんなことに」

「大切な娘を探し出してやったのにお礼もせずにいたら、離婚して娘と離ればなれになって会わせてもらえなくなったんだってさ」

隼斗の言う通り、複雑な祟りだった。

「怖い話だと娘が亡くなるってオチになりそうだから、生き別れなだけやっぱり優しいのかな……」

隼斗は指輪をなくさないように、ジーンズのポケットを握りしめた。

「あと、清文さんのことをペラペラしゃべらないこと。探し物の神様にお願いしたら見つかったたってならいいけど、清文さんに探してもらったなんて噂が流れて、本人の所に野次馬にくる人が出てきたら祟られるぞ」

「わ、分かった。ああ、それであんな目立つ依《よ》り代《しろ》なのに、噂が出回ってないのか」

実際に見つけ出してもらった人は、力を知っているから怖くて本当に必要としている人にしか打ち明けないらしく、清文は平和な日常を送っている。

◆◇◆◇◆

翌週、淳と隼斗が一緒にやってきて廃神社扱いされている、山の中腹にある社の掃除をした。淳が付き合う必要はないはずだが、気が合って仲良くなったらしい。

その帰りに、隼斗は引っ越した先にある有名な蔵元の日本酒を清文に持ってきた。未成年の朱巳は料理に使う酒しか分からないが、いい酒らしい。

「綺麗にするの大変でしたよ。草はいいけど蔦《つた》を取るのが大変で。あと、さっき毎年恒例の山菜泥棒がいたんで追い払っときました。神様の山で泥棒すんなっての」

淳は出したケーキをちまちまと食べながら愚痴をこぼす。

「いつものこととはいえ、ああいう人達は来年のこと考えずに根こそぎ盗ってくからタチが悪いんだよね。根こそぎにしないからって、泥棒してもらっても困るけど」

来年のことを考えて、一部はわざと収穫せずにそのままにしておかなければならないのに、泥棒は根こそぎ盗んでいく。そして所有者のいない土地などないのに、山だからと勝手に入り込んで盗んでいくのが大地主の悩みだと聞いたことがあった。

「動画撮って脅しといたからもうこないと思いますよ」

「もう少し脅す感じの看板を増やすかなぁ」

清文はうんざりした顔で言う。看板は作れないので、外注になるのだろう。

「地主さんは大変ですね。オカルト関係だけでも面倒臭そうなのに」

隼斗はアイスレモンティーをストローでからから混ぜながら言う。

「オカルトの本番は夏だから、今は泥棒かな。秋は両方来て厄介だよ。でも他人んちの山でリア充するカップルをクラッシュするのは腕が鳴るよ」

清文は爽《さわ》やかな見た目に反して悪趣味だ。しかし今日は男の子だけなので、珍しくそれを隠そうともしなかった。

「楽しみにしてるなら止めませんけど、せめてジャージで提灯以外の明かりにしましょうよ。清文さんの見た目が心霊スポット扱いの原因の一つなんですし」

朱巳は清文の夜道では出会いたくない恰好を見ていった。

「じゃあ、ランタンと迷彩服はどうだろう。それかいっそシルクハットと燕尾服《えんびふく》とか」

「新しい都市伝説を生み出したいんですか？」

「分散したら信憑性《しんぴょうせい》なくなるような気がするんだ」

「小学生が加わったらどうするんですか」

すると清文も肩をすくめて諦めた。

「あ、そうそう。朱巳さんこれあんまないですけどヨモギ摘んできたんですよ。食べ方分かんなかったら、風呂にでも入れてください」

淳はビニール袋を一つ差し出した。

「わぁ、ありがとう。お風呂に入れるなんてもったいない！　清文さん、餅とかヨモギ麩《ふ》しか作ったことないんですけど、それでいいですか？」

「何でもいいけど、若い男の子の君がそれを作ったことがあるのが衝撃的だよ」

清文は脇息にもたれてため息をつく。

「おばあちゃんの手伝いしてると作りますよ。あ、ヨモギのパンケーキとか聞いたことありますよ。定番の餅もいいですけど、新しいパンケーキにチャレンジしましょう」

「チャレンジャーだね君は。私は食べるだけだから、君が好きなようにしてくれていいよ。チーズケーキには合わない気がするから入れないで欲しいけど」

清文は朱巳が作ったチーズケーキを切り分けて口に運ぶ。

「え、ってことは、これひょっとして手作り……」

半分ほど食べ進めていた淳が手を止めて言った。

「ああ。低カロリーを心がけた力作だよ」

美味しさとカロリーのバランスを取るのは難しいが、今日は成功した。

「手作りのケーキなんて久しぶりです。昔はマ……母がよく作ってくれたけど」

「羨ましいな。私の母は料理下手だったから、家政婦さんに育てられたんだ」

母親を思い出して語る隼斗。清文は目を伏せて残念そうに首を横に振った。

「朱巳くんの妹さんも幸せだね。母の味を受け継いでくれた人がいて」

「え、うちのは父の味ですが」

清文が優雅に紅茶を飲もうとして、吹き出しかけて咳《せ》き込んだ。

「うちの家系の女どもはそこまで呪われてるのか」

清文は深刻そうな顔をして言った。

普通は母親から伝授されるものだが、朱巳の場合は大半が父で、残りが祖母だ。

「母はあまり家庭的ではない人だったんで。父は喜んで家事をしてました」

そういう家庭には憧れないが、とても懐《なつ》かしい。

「だったって……え、朱巳さんも？」

「ここにいる全員、少なくとも片親がいないね。なんて嫌な共通点だろう」

気まずそうにきょどきょどする淳に、清文が笑って答えた。淳も親を亡くしているらしい。だから歳のわりにはしっかりしているのだろう。

そんな彼の膝に、猫が乗った。

「あ、こらこら。おカメちゃん、人間のお菓子を狙うんじゃない」

よく見れば尻尾のない猫又と噂のカメだった。

「おカメちゃんはこっちを食べなよ」

朱巳は猫用の手作りジャーキーを差し出した。イノシシは食べないと言っていたが、ジャーキーにしたらカメも食べてくれたのだ。本当は鶏肉《とりにく》の方が好きなようだが、イノシシ肉が余っているので仕方がない。

ジャーキーを食べるカメを眺めていると、他の猫達も寄ってきたので一匹ずつ小さなジャーキーを差し出す。

「どうだい。毎日見ていたら犬派から猫派に鞍替《くらが》えしたのではないかい？」

「鞍替えってなんですか。どっちも好きですよ」

清文は猫派らしく、虎視《こし》眈々《たんたん》と猫派が増えるのを狙っているのだ。

「あと、うちでは引き取れませんからね。妹の世話で手一杯です」

「猫は君の妹さんよりも手間がかからないよ」

「妹だって洗濯と風呂掃除ぐらいはできますよ」

「そうか、うちの駄姪と同じレベルだと思っていたけど、あれよりはマシなのか」

自分の家のボタン一つで自動で湯を張ってくれる風呂と違って、古くて追い炊きすらできない風呂とは言え、風呂の用意すら満足にできなかったのを思い出した。

「まあ、父の味を教えたくても不器用すぎて残念なことに変わりないですけど」

「ファッションセンスはよさげなのに、どうしてなんだろうねぇ」

清文は朱巳の服を見て言う。何度か着てきたロングティーシャツだが、組み合わせを変えているのでおなじ物ばかり着ている感じがしないのだ。

「うちの妹の場合、見た目はそりゃあ綺麗な物ができるんですよ。なんか美味しくないだけで。食べられなくはないから、愛があれば慣れられそうなのが救いですね」

結婚相手が味音痴なら上手くいくだろう。ただし味覚が普通な妹が耐えられないだろう。

「切ないことを……。はぁ、どこかに家事ができて美人で気立てのいい女性はいないだろうか。どうして私の身の回りに現れる世話好きの人間は男ばかりなんだろう」

清文はため息をついて片膝を立てる。

「清文さんにならきっといい人見つかりますよ。イケメンですし。前の彼女、美人だったじゃないですか」

「でも性格が牝狐《めぎつね》的だったよ。見た目が清楚《せいそ》な美人ほど信用できないんだよ。君たちも気をつけるように。あ、うちの姪は牝狐にすらなれないじゃじゃ馬だから」

将来的に落ち着いたら男を手玉に取れるのではないかと思ったが、視線をあげて口にするのをやめた。庭に面する障子の向こうに影が見えたからだ。

「誰がじゃじゃ馬よ。なんであたし抜きでおやつ食べてるのよ！」

庭から清音がガラス戸と障子を開けて入ってきた。

「ダイエット中じゃ？」

「どうせ朱巳ちゃんが市販のよりも低カロリーに作ったんでしょ！　豆乳とか大豆粉とか買ってるの知ってるんだから！」

確かにそれらの材料を使ってダイエット用にアレンジしたチーズケーキだった。

「あたしもダイエットするんだから」

「清音。ダイエットコーラを飲んでダイエットしてる気になっているデブと同じ発想だよ。太りにくいだけで、運動しないで食べれば太るんだよ」

「分かってるわよ」

清文は疑わしげに姪を見た。

「んじゃあ、用意してこようか。おじさんの分を残して、残り全部持ってこよう。働いてお腹《なか》すいてるだろ」

労働を終えた食べ盛りの男子中学生には、一切れでは少ないようだから追加が必要だ。淳など普段食べる機会がないのか、もったいなさそうにちまちまと食べている。

「さっすが朱巳ちゃん。分かってるぅ」

「清音、君のためじゃ……まあいいけど」

清文がため息をついた。

後で太ったと騒ぐのまで、自分の妹を見てきた朱巳には容易に想像がついた。

3話　迷子

朱巳《あけみ》は折りたたみの座卓に昼食の鍋を乗せた。肉と白菜を交互に詰めた、ミルフィーユ鍋だ。

味付けはコンソメと各種スパイスを適当に。黒胡椒《くろこしょう》の入ったミルをテーブルに置いたので、物足りなければそれで刺激を足せばいい。

「これが冷蔵庫に眠ってた最後のイノシシ肉ですよ。ようやく冷凍庫がすっきりしました。とはいっても大半は猫達のおやつに加工したんですけどね」

人間だけで食べると冷凍庫の中身が減らないし、どれだけの期間冷凍されていたのか分からないため、猫達に処分を手伝ってもらう方法を選んだ。

毎日彼らのために料理するのは面倒だから、ジャーキーに加工したのだ。そしてそれをただ猫達に配るのではなく、愛好会に寄付した。そうすれば朱巳の仕事が減り、愛好家達も猫におやつをあげる楽しみができる。

「そうか。ジビエもたまにならいいけど、ちょくちょく食べると飽きるからね」

清文《きよふみ》は綺麗《きれい》な姿勢で綺麗に箸《はし》を使い、鍋を食べていく。彼の食事姿を見ると、自分もちゃんとしなくてはと、箸使いに気を遣うようになった。

「そうですね。僕は要領が悪いから、これからは日付を書いて計画的に保管して、食卓に出すようにしますよ」

「几帳面《きちょうめん》だね。ああ、そういえば父が君に感謝してたよ。猫達のためにありがとうって。何をしてくれたんだい？」

「ああ、猫が食べていい物リストと、食べてはいけない物リストを印刷したんですよ。余所《よそ》から来た人が勝手にあげようとするから困ってるって言ってたんで。翻訳したのを猫好きの留学生達に確認してもらったから、外国人にも対応してます」

それを神社の各所に貼り付けたのだ。

「それは助かるね。タマネギはダメなのを知っているのに、その他のあげてはいけない食べ物を知らない人は多いから」

「猫って犬より難しいですよね。野菜食べないし」

雑食の犬は野菜もよく食べるが、猫は肉食だから野菜は食べない。食べさせていい野菜もあるが、大半の野菜は与えない方がいい。

「そんな我《わ》が儘《まま》な所が可愛《かわい》いんじゃないか」

「可愛いですけど、野菜を常食してくれる方がありがたいですよ」

朱巳はマイペースに机をのぞき込む猫達を手で追い払いながら言う。清文は甘いので、ほっとくと彼らにさせたい放題にするのだ。もちろん人間の味付けした食べ物を与えたりはしないが。

「ほら、君たち、食事中は来ないの。そんなんじゃ朱巳くんを犬派から猫派に鞍替《くらが》えさせるのは難しいぞ」

「にゃあ」

当たり前だが言うことは聞いてはくれず、突き出された清文の指先は猫達の玩具《おもちゃ》となる。彼らは人間が遊んであげようとするとつれなくして、忙しい時は遊べとばかりにじゃれついてくる。犬なら仕付ける所だが、猫の場合はお手上げだ。

可愛いが我が儘だ。我が儘だが可愛い。

「もう、しつこい」

何が楽しいのか、猫達は朱巳の周囲に集まってくる。食事中はけっして食べ物を与えないのを知っているためか、テーブルの上は狙ってこない。しかし、なぜか箸を持つ手に猫パンチを繰り出したりと、食事の邪魔をする。

「懐《なつ》かれてるねぇ」

「なんで可愛がってるわけでもないのに寄ってくるんだろ」

清文のように撫《な》でてやったりしないのに、彼らは足下をついて回る。神社の境内を歩くと、なぜか列ができる。それを写真に撮られて〝猫列車〟などと題名をつけられてSNSで拡散されて妹に笑われた。

「そりゃあ、君がフード係だからさ」

「ジャーキーの匂いでも染みつきましたかね」

思わず自分の匂いを嗅ぐ。獣臭さは感じないが、ひょっとしたら気づかないだけかもしれない。

「野良猫に懐かれて喜ばないなんて、君は本当に世間の猫好きを敵に回す男だ」

「毛だらけになって掃除と洗濯が大変なんですよ。まったく、猫が可愛いからって、家の中まで野良猫の侵入を許しちゃいけないですよ」

家に勝手に入ってきて好き勝手にくつろいでいるが彼らは野良猫だ。住宅地でそんなことをしたら近所からクレームが来るだろうが、猫達も空気を読んでいるのか、敷地から外には出て行かない。不思議なバランスで人間と共存しているのだ。

「この部屋だけだから、まだ掃除も楽だろう」

その例外とも言えるのが、この部屋だ。すべての猫が集まったりはしないが、客がいない時に限って、数匹は猫がいる。

その中でも一番不思議なのが——

「おや、おカメちゃん」

清文はのっそりとやってきたカメに視線を向けた。

「またおやつをもらいに来たのかい。だめだぞ。君は飼い猫なんだから」

清文はカメを無視して箸を動かすので朱巳もそれに倣《なら》う。猫達の相手をしていたら何もできなくなってしまうから構いすぎないことが大切だと、猫好きの清文ですら言うのだ。

「話は変わるけど、君は祭りの準備も手伝ってくれているらしいね」

清文はふいに顔を上げて言った。

桜の花が咲く季節になって、商店街主催の桜祭りが行われる。

川沿いや参道に街路樹があるのは知っていたが、そのほとんどが桜だ。神社の境内にあるしだれ桜は美しく写真映えする。それを利用して集客しようと始めたのがこの祭りだそうだ。

正確には覚えていないが『猫と一緒に桜を堪能《たんのう》しよう』というようなキャッチコピーがポスターに書かれていた。ここぞとばかりに猫まで利用するからこそ、この商店街は賑《にぎ》やかさを維持しているのかもしれない。

「準備って言ってもバザーに出すおやつ作りを手伝ったり、荷運びを手伝ったり、お茶出しぐらいしかしてませんよ」

「それだけしてれば十分手伝ってるよ。無理はしなくていいからね。嫌なら断っていいんだよ」

「無理はしてませんよ。祭りの準備なんてしたことないから楽しいですし。愛好会の人達と猫用のおやつを作ったのも楽しかったですし。余ってる鹿とか猪《いのしし》の肉とかを、ジビエだの自然派だのって業者を挟まずに売り出せば、人間向けより高く売れるんじゃないかってことになったんですよ。売上の一部は猫達のために使いますって感じにすれば猫好きが買って、その場で猫にあげて、猫達が幸せになるって」

ジビエも言葉だけはよく聞くし、猟友会の高齢化と、狩っても肉が売れないのが問題になっているらしく、新しい商売になれば少しは地元の若者も興味を持つのではないかと関心が持たれているようだ。

「猫のためっていうと、財布の紐《ひも》が緩くなる人は多いからね。うちの猫のお守りもその一種だし」

ただの募金よりも、買って猫助けの方が効果が出ているらしい。

「去年までは猫の焼き印押して、猫クッキーとかやってた気がするけど」

「それはそれで作るみたいですよ。子供達が楽しみにしているとかで。なんか商店街的に桜はおまけで、メインは猫ですよね」

桜祭りとしながら、桜を押し出す商品が和菓子ぐらいしかないのである。和菓子にさえ猫が進出しているのだ。それが可愛いと女性に人気らしい。

「猫好きにとっては催しのすべてが猫を輝かせる舞台装置の一つでしかないのだろうさ。桜吹雪《さくらふぶき》を浴びる猫は可愛いからね。今年は猫の写真集を作るんだって張り切っている人もいたし」

祭りの期間に入ると混むためか、カメラを持った人々はその前に押しかけている。

「美猫《びねこ》が多いから、どこを撮っても写真映えするだろうなぁ。現像した写真は私も直接触れられるから好きなのだよ」

「そうですか。妹も来るって言ってたから、猫との写真を撮ってやろうかな。あいつ猫も好きだし」

可愛い生き物と写真を撮るのを好きではない女子高生はそういない。

「君の妹さんはきっとお洒落《しゃれ》さんなんだろうね」

「友達と一緒に来ますからね。負けないように気合い入ってますよきっと」

「清音《きよね》もそういう体面を気にしてくれたらな。人のことをとやかく言うのに、いつも男の子みたいな恰好《かっこう》をしているんだよ」

制服でなければジーンズしかはいていないのを見たことがないのを思い出し、朱巳は苦笑した。

「高校にでも入れば行動範囲も増えて変わりますよ。友達も増えますし、彼氏もできますし」

「清音に彼氏？　淳《しゅん》くん以外があの子についていけるかどうか疑問だね」

「一人でも候補がいるんですから、気づいたら彼氏を作ってますよきっと」

彼女は積極的で可愛らしい。そして家事が下手《へた》なのを気にするような年齢ではない。

「妹さんも彼氏はいるのかい？」

「今はいないみたいです。前は趣味が合わなかったとかで別れて。きっとダサい服ばかり着てるのに、妹のアドバイスを聞かなかったから振ったんでしょうね」

口を出すまでもなくセンスがいいか、朱巳のように言われるがままに服装や髪型を変えるような男でなければ長くは続かないだろう。

「なるほどね。レベルの低い男はお断りか。ああ、でも、こんな話をしているのを父や義兄に聞かれたら卒倒しそうだな。清音を猫可愛がりしているから」

「言わない方がいいでしょうね。うちも妹の彼氏のことは父には内緒でしたし」

「君はシスコンかと思っていたけど妹に彼氏ができるのは問題ないのか」

「そりゃあちゃんとした相手なら。相手が清文さんぐらいの年頃だとか言ったら、ぶん殴ってやりたいですけど。高校生に手を出す大人にろくな奴はいませんからね」

「ははは……そうだね。ろくな大人ではないよ。うん」

清文は後ろめたいことを考えたことがあったらしく、目をそらした。

妹が家事ができないと知るまでの短い期間だけ、考えたのだろう。

祭り当日。桜が早めに咲いてしまい、散ってしまうのではないかと危ぶまれたが、一度気温が下がりなんとか持ちこたえてくれた。

風に舞う桜吹雪を見ると、去年の妹の入学式ではまだ両親がいたのを思い出す。もし入学が今年だったら大変だった。受験など精神的に厳しかったはずだ。入学式に出るのが未成年の兄でも恰好つかなかっただろう。

不幸はあったが、両親が心配して成仏できないなんてことはない程度に、何とかなっている。

「今年もいい桜が咲いてくれてよかったよ」

清文は庭に立って、眼下に見える桜並木を眺めていた。

今日は着物ではなく洋服を着ている。ラフではなく、きっちりとしたシャツとベストを着ている。ただしどこか古い。古くさいというより、レトロなのだ。かなり上等な生地で、仕立てもいい。だからこそ年代を感じてしまうのだ。

「その服もご先祖様の？」

「そうだよ。和服を着ているとまた写真を撮ろうとする人が出てくるからね。別にジーンズでもいいんだけど、お客さんが来たら着替えなくちゃならないから面倒臭い」

「そうですか。そういうことなら、別にいいんですけど。似合ってますし？」

朱巳からすればコスプレしていると言われても納得するような違和感を覚える装いだが、本人が目立たないために着ているというのなら口を挟まないことにした。

(ナルシストの清文さん的には、似合っているかどうかが一番大切なんだもんな。でもまだ着流しの方が違和感がないけど……それは言ったらだめなんだろうな)

違和感を覚えるのは彼の背景のせいだ。服に合わせて今日は椅子とテーブルを用意して、ティーカップも洋食器を要求された。設置するのは座敷牢なのに、だ。

(でも似合うから変ではないし、指摘しにくいんだよな)

世間体を無視すれば一番違和感のない和服でいてくれるのが一番なのだが、本人は色々と着たいらしい。

(まあ、本人がいいならいっか)

女性のファッションはレトロがブームになることも度々あるから、問題ないと自分に言い聞かせる。朱巳は自分にファッションセンスがないのを自覚しているから、自分だけがおかしいと思うのだと。

目を伏せて自分を納得させていると、庭から人の気配を感じた。離れの玄関を迂回《うかい》してそこから入ってくるのは、近所の親しい人達か、何も知らない赤の他人ぐらいだ。

「こんにちは。清文くん、今日は英国風、だったかしら。先代のお気に入りのお洋服」

裏庭に顔を見せたのは、駄菓子屋の響子《きょうこ》だ。

「やあ響子さん。ええ、和服を着ているとなぜかのこのこ近づいてくる人がいるからね」

「その方が目立つ気がするけど……まあ何でも似合うから問題ないかしら。去年に比べたら地味だし、いけめんは得ねぇ」

朱巳とほぼ同じ感想に聞きたくない言葉を交ぜて彼女は言った。去年はどんな奇抜な恰好をしていたのかは、聞いたら後悔しそうだったので口を閉ざした。

「響子さん、お店はよかったんですか？」

「今日はお店は娘が店番をしてくれているのよ。祭りの日は私がやっていたら手が追いつかなくて、かえって邪魔だって言うのよ。ひどいでしょう」

「それは仕方ない。響子さんはまったりした接客が売りだから」

たくさんの子供が押し寄せたら待たせてしまうことになる。子供は我慢できないから、手の早い人に任せるのが一番だ。

「響子さん、おはぎはいかがですか？」

「朱巳くん、またお菓子作ったの？」

「はい。材料があったんで。食べてくれる人がたくさん来そうな時にこそ、少しでも使わないと」

「今時の子はきっちりしてるわよねぇ。賞味期限とかにも厳しいし」

「厳しいというか、片付けたいんですよ。ほら、自分の領域に自分が管理してない物があると気になるじゃないですか。早く自分が買った物で揃《そろ》えて安心したいんです」

賞味期限などあってないようなものだが、それでも自分が管理していない時からあった食材は早く使い切ってしまいたかった。芳美《よしみ》を信じていないわけではないが、一度使ってそれ以降放置されていそうな、最新の微妙に使い勝手の悪い調理器具の数々を見ると、ちゃんと保存してあるように見えても不安に思うのだ。

「朱巳くんはしっかりしてるわねぇ。じゃあ、もらおうかしら」

朱巳は頷《うなず》いて、カバーを被《かぶ》せていたお盆に積んだおはぎを箸で皿に移し、小さなフォークを添えて出した。

「あら、可愛い大きさね。甘さも控《ひか》えめでいいわね。ちょうどいい加減」

「女性や小さな子は大きいと食べきれないことあるんで」

男なら一口で食べられそうな可愛らしい大きさのおはぎは、女性には喜ばれる。

「そういえば文仁くん、この前の健康診断でちょっと引っかかったって話よね」

田舎《いなか》は噂《うわさ》が広まるのが早い。しかし健康診断の結果まで広まるとは思っていなかった。

「父さん、自虐しながら食べちゃうんですよね。まだちょっと数値が高い程度だからって、ほっとくと市販のお菓子を食べちゃうから、朱巳くんに食べてもいいような物を作ってもらってるんだ」

「朱巳くん、若いのに無茶振りされて大変ねぇ」

響子はカメを撫でながらしみじみと言う。

「元々清文さんが糖質と脂質を減らしてくれって人だから、あんまり気になりませんよ。妹もダイエットだって、そういう食事を求めてるんで」

プロテインでパンケーキを作れと言われるよりは、美味《おい》しい健康的な食事を作る方が簡単だ。

「それで鯖《さば》や胸肉ばっかり買ってたのね。まったく真面目さんねぇ」

もちろん胸肉ばかりでは飽きるから、豚も食べさせるし、美味しそうな赤身肉があれば牛も買う。

「朱巳くん、せっかくなんだしお祭りを見てきたら？　初めてでしょ」

「え、でも朝見ましたし」

「朝はまだ準備中だったでしょ。ほら、こっちいらっしゃい」

響子は手招きをし、サンダルを履いて庭に出た朱巳の手に、何かを握り込ませた。

「え、お金？」

手の中には小さく折りたたまれた千円札があった。

「いつもおカメちゃんのお世話してくれてるでしょ。そのお礼よ。それでお祭りの気分を味わってらっしゃい。挨拶《あいさつ》に来たお客さんは私が対応してあげるから」

「え、でも」

「朱巳くん、私はイカ焼きがほしい」

朱巳が清文に視線を向けると、彼は手を振って自分の要求を述べた。

祭りの出店の中でも一番高タンパクで太りにくい選択をするのは、いかにも清文らしい。

「ほら、遠慮せずに、私達の昼食を買っておいで」

と、清文まで千円札を二枚握らせた。

「余ったら君がもらうか……気がひけるなら募金箱にでも入れておいで」

各所に猫の避妊手術などのための〝愛の猫募金〟と書かれた募金箱が置いてある。

これも意外と馬鹿にならない額が集まるらしい。

「分かりました」

仕事中に遊びに行くのは気がひけるが、祭りの雰囲気は好きなので楽しみだ。

「他に何か買ってきて欲しいものはありますか？」

「ああ。私はゲソが好きだから忘れないように」

「知ってますよ」

彼の食の好みはだいたい把握した。彼は乾物のスルメも好きだ。小腹が空くとペットボトルのように隠してあるスルメをよく食べている。

「ああ、でも、たまにはたこ焼きも。君も好きな物を買ってくるといいよ」

「じゃあ、林檎飴《りんごあめ》を買ってきます」

「林檎飴が好きなのかい？」

「姫林檎の奴がけっこう好きです」

初めて食べたのは、妹が買ってもらったのを一口分けてもらった時だ。懐かしい。

「あとはチョコバナナも好きですけど自分で作ればいいかなって。ああ、でも自分で作るなら、クレープで包んじゃいたいなぁ」

最近、そういうカロリーの高そうなものを食べていない。休みの日にでも一人で作って一人で食べるべきだろう。

「女子力の高いこと言ってないで行っておいで。じゃないと清音が嗅ぎ付けてくるよ。あいつは食べ物の話をするとやってくるんだ」

清文は笑いながら追い払うように手を振った。

それはありえると、笑いながら離れを出た。

石段の上から、商店街を見下ろした。薄紅の染まる川が見える。いつも人の少ない参道には、人々がごった返している。商店街の人々はかき入れ時で忙しそうだった。

石段を下りようとすると、なぜか猫達が集まってくる。桜が舞う中、猫がぞろぞろついてくるのが珍しいのか、写真を撮られている気配があった。猫達を撮っているかられンズが向けられるのは足下なので気にしないようにした。

神社を出ると川沿いまで桜の数が減る。しかしその間には賑やかな商店街があり、神社まで誘導することによって、客を匂いで陥落させて金を落とさせているようだ。出店もほとんど商店街の人がやっているらしい。

石段を下りてすぐの所にある響子の駄菓子屋では、彼女の娘が店先で調理し、中学生から高校生ぐらいの孫達が接客していた。

「朱巳ちゃん、お買い物？」

響子の娘は婦人会の一員で、何度か一緒に料理をしたので知り合いなのだが、清音の影響で女の子のような呼び方をする。

「はい。今日のお昼は買った物にしようって。清文さんはイカ焼きが欲しいそうです」

「イカ焼きなら魚屋でやってるわよ。美味しいから。せっかくだから、うちの玉せん持ってきなよ。この前、おカメを見つけてくれたお礼、君にはしてなかったからね」

「いいんですか？　ありがとうございます！」

いつも店にいる響子が作っているので何度か食べたことがあるが、焼いたタコせんべいに卵を挟み、お好み焼きのような味付けをしたもので、安くて美味しい。たまに妹に持って帰ると喜んだ。

「響子さんは清文さんの所で僕の代わりに清文さんの所に来た人の接客をしてくれるんですよ」

「猫と遊んでるだけでしょ。あの人、忙しいの嫌いだから」

追い出されたのではなく自分から出てきたようだ。

「響子さんはおっとりさんですからね」

しかしいたらいたで、おっとり接客をするので孫達の罵声《ばせい》が飛びかねず、出てきたのは正解なのかもしれない。

「君も大概おっとりしてる気がするけど……なんで猫引き連れてるの？」

「キャットフードの入った倉庫の鍵を持っている人って認識されてるからじゃないかと。芳美さんにはこうならなかったんですか？」

「芳美さんは猫より鳥派だったからねえ。鳥優先なのが猫達にも伝わってたのかも」

「鳥ですか？　ああ、野鳥もたくさんいますよね」

毎日、綺麗な鳥の鳴き声が聞こえてくるし、綺麗な鳥もよく見る。しかしさすがに猫だらけの場所に、降り立ったりする鳥は少ない。

「いや、君んちでも食べてる卵を産んでる鶏《にわとり》よ」

保育園の近くに鶏小屋があるのだ。園児達が世話をしたり、たまに卵をもらったりすることで、情操教育になっているらしい。

「あの人、無駄遣いも好きだけど、節約も好きだったから、生産性のある生き物は素晴らしいって、鶏に名前をつけて可愛がってたわよ。たまに絞めて食べてたけど」

食べる予定のある生き物に名前をつけて、それでも食べられるのが、ある意味すごいなと感心した。芳美という女性のデータが、新しく書き込まれるたびにそう感じる。

「そうですか……ただの新しい物好きだと思ってましたけど、得するつもりで通販で大量購入して、使い切れずに捨てるタイプだったりしたんでしょうか」

「よく分かったわね。でも、捨てたりはしなかったわよ。もったいないから」

「もったいないけど使わずにため込まれてくんですね……」

芳美の印象がどんどんダメな人間に思えてきた。だが、そういう人はたくさん知っている。妹が主婦になったらそのタイプに化けるだろう。

「じゃあ、イカ焼き買ってきます。お前達はほら、おやつ買ってる人達におねだりしに行こう?」

朱巳は猫達に猫用おやつを売っている場所を指さした。理解しているのか、ただ食べ物があるのを察したのかは分からないが、彼らはまるで朱巳の命令に従うようにそちらに走って行った。

「すげぇ猫使いだ」

「朱巳ちゃん犬派なのに」

「犬派の猫使いとかうける」

見ていた近所の子供達が笑う。

「毎日餌付けするとこうなるんだよ」

「まだ一ヶ月も経《た》ってないだろ」

「可愛い可愛いって構いすぎるとつけ上がるんだよ」

子供達は納得していない顔をして、顔を見合わせていた。

「あ、朱巳さんじゃん」

猫を差し向けたおやつ売り場には淳と隼斗《はやと》がいた。二人は売り子をしているようだ。

「あれ、どうしたの？」

「ボランティアです。この前、お手伝いに来た時に淳のおじいさんに誘われて」

「ちょっとだけバイト代出るんだ」

「そっか。よかったな」

ボランティアは無償奉仕のことではないから、小遣いをもらうのは当然だ。

話をしながらも彼らは接客をしていた。あまり長居しては邪魔だろうと思い、手を振る。

「じゃあ僕はお使いがあるから」

「はい。また。あ、おカメちゃんもバイバイ」

隼斗は朱巳の足下に向かって手を振った。

「え、おカメちゃん？」

朱巳が足下を見ると、猫達の中に尻尾のない猫が交じっていた。

「君、さっきまで響子さんと離れにいたのに、なんでいるんだよ」

「にゃあ」

と、カメは朱巳の脚にすり寄った。

「いや、僕にすり寄ってもあげる物はないからね？」

「にゃあ」

と、めげずに朱巳にすり寄る。普段はこんなに懐く猫ではないから、何としてでもおこぼれに与《あずか》るぞという気概がうかがえた。

「朱巳さん、おカメちゃんまで手懐《てなず》けてるんすか」

「試作品のジャーキーをあげたからかな。今日は本当に何もないよ」

しかし離れない。言葉を理解した上で、『本当は何かあるんでしょ？』とばかりに見上げているように見えた。

「もう。いつもは声をかけたら逃げたりするのに、よく分かんない子だなぁ」

「おカメちゃんは気まぐれですから。尻尾のない我が儘猫又としてご近所でも愛されてるんですよ」

淳はカメに手を振った。朱巳が進むと、なぜかカメもついてきた。

「じゃあね、おカメちゃん」

「遊んでくれる人が見つかってよかったな」

飼い主である駄菓子屋の子供達は、自分達の猫が他人についていくのを当たり前のように見送った。どうやら誰もカメにかまってくれないから、暇そうな朱巳に目をつけたようだ。

「分かった分かった。遊ぶのは帰ってからな。僕はお使いがあるんだからね」

「にゃあ」

と、理解したとばかりに足下をついてくる。すると解散したはずの猫達が、再び集まってきた。

「なんで君らまで戻ってくるんだよ。期待されても困るんだけど」

猫など気まぐれで、かまってやろうとした瞬間に逃げ出すような奴らだ。情に流されて、懐かれているなどと希望を持ったら次の時にぷいっと振られて落ち込むはめになる。

朱巳は猫を引き連れて知り合いに色々ともらいつつ、目当ての物を買いながら、最後に店の前に見慣れない鉄板を置いてイカを焼く魚屋の前まで来た。醤油《しょうゆ》が焦《こ》げる香りが食欲をそそり、よく売れているようだ。

不思議なことに、猫達は決して商品には手を出さない。後でもらえるのを理解しています、なんて顔で見上げてくる。

「あの、イカ焼きください」

「ああ、朱巳ちゃん。ってことはみかがみ様のお使いか。じゃあ代金はいいから持ってきな」

彼は朱巳の髪を見て気づき、イカを用意し始めた。

朱巳の目立つ髪の色は、最初こそ驚かれたが、顔を覚えてもらうのには役に立った。商店街の人達は一目で朱巳に気づき、誰もがこうやって清文へ何か持たせようとする。

(僕、髪の色が戻ったら認識してもらえなさそうだよなぁ)

本来は地味で冴《さ》えない雰囲気なのだ。この派手さがなければ、とたんに埋没してしまうだろう。

「あ、いえ、イカ焼きの分だって言ってお金をもらってきたんで」

「清文くんはイカ好きだよな。ま、いいからいいから。余ったら小遣いにしちまいな。

何なら募金箱に入れてくればいい」

「皆さん同じこと言うんですね。地域性なんですか？」

断るたびに言われた言葉だったので、もうそうとしか思えなかった。

「まあなぁ。お猫様様だからよ。猫用手作りおやつもよく売れてるんだ」

猫の毛づやが良くなると書いた、猫用おやつが売っている。独自に開発した魚を使ったおやつのようだ。

「あ、イカ焼きは猫には食わすなよ。イカは猫によくないからな」

と、朱巳の足下の猫達を見て言いながら、彼はイカ焼きを持ち帰り用にビニール袋に入れた。

「もちろんです。イカでなくても、こんな味の濃い物は食べさせませんよ」

イカ焼きを受け取り、お礼を言おうとした時、視界の端に何かが飛び込んできた。

「うわっ」

その何かは朱巳の足にぶつかってきた。思ったよりも軽い衝突で、朱巳はびくともしなかったが、ぶつかってきた相手は「きゃあ」と悲鳴を上げてひっくり返った。

桜の花びらのようなピンク色のワンピースを着た幼稚園ぐらいの女の子だった。

「だ、大丈夫っ」

荷物を腕にかけ、慌《あわ》てて尻餅をついた幼女を立ち上がらせ、汚れた服を手で払う。

「ああ、ごめんね。怪我《けが》はない？」

ついた手にも怪我はしていなかったが、それでも彼女は痛かったのか、今にも泣き出しそうに顔を歪《ゆが》めた。

「ふ……ふぅぅぅうっ」

「よしよし。痛かったね。ごめんね」

朱巳は慌てて彼女の頭を撫でた。しかしそれで痛みを忘れるはずもなく、泣き出す寸前まで表情が崩れた。

「ああ、よしよし。ごめんね。ごめんね」

朱巳がひたすら謝っていると、猫が幼女の足にすっと身体をすりつけた。

その感触にびっくりしたのか、彼女は大きく肩を跳ね上げた。

「にゃあ」

足下の猫——カメが女の子の足下で鳴いた。するとまるで彼女を慰めるように、次々と他の猫が集まってきたのだ。彼女はびくりと震えて、自分の周囲を見回した。

「ほら、猫ちゃんも泣かないでって」

魚屋に猫の餌が売っているだけだが、寄ってきたのだから彼らにも協力してもらわねばならない。

「あの、これで猫のおやつください」

朱巳は五百円玉を魚屋の店主に渡して、猫のおやつを手に取った。

「ほら、猫ちゃん可愛いね」

「ねこちゃん、かーいい！」

彼女の手に取りだしたおやつを握らせる。すると訓練されたグルメな猫達は、誰に媚びるべきか理解して、さらにニャアニャアと集まってきた。

朱巳は途中でもらったポケットティッシュで彼女の頬の涙をぬぐった。猫達のおかげか、涙は止まってくれた。

「よし。ところでお母さんは？」

近くにいるなら、最初にぶつかった時に反応しているはずだ。しかし商店街の人や心配する通りすがりの人以外は誰も関心を向けていない。

「ママ、わかんない。まってていわれて、まってたらおトイレいきたくなって、ノアちゃんおトイレさがして……ここどこ？」

彼女は再び泣き出しそうになり、朱巳は頭を撫でて慰めた。

「はいはい。ノアちゃん泣かないの。ママとはぐれちゃったんだね。じゃあ、お兄ちゃんがママを探してくれる所に連れてってあげるよ」

するとと彼女は涙をこぼしながら頷いた。

「朱巳ちゃん、迷子ならそこの建物が案内所になってるんだ。町内会の誰かがいるから行ってみな。きっと呼び出ししてくれるだろ。トイレもあるはずだ」

魚屋の店主が指さして教えてくれた。

「ありがとうございます。さ、ノアちゃん、猫ちゃん達と一緒に行こうか」

ノアは足下に猫がついてくるのに気をよくして、母親とはぐれた不安を忘れて楽しそうにはしゃいだ。

朱巳は彼女がはぐれないように手をつなぎ、おやつで猫達を誘導しつつ、目的の場所に着いたらおやつを指で割《さ》いて猫達に配りながら、不思議そうにこちらを見る町内会長に笑みを向けた。

「おや、妹さんってそんなに小さかったのかい？」

「まさか。この子、トイレに行こうとしてママとはぐれちゃったみたいなんですよ」

「迷子か。お嬢ちゃんお名前は？　いくつ？」

「ノアちゃんはノアっていうの。ノアちゃんはよっつ」

四つと言いながら指は三本しか立っていなかった。

「ノアちゃん、四つなら小指も立てないと」

「あっ！」

ノアは慌てて曲げていた小指を立てると、足下の猫を抱き上げて誤魔化《ごまか》した。

「おお、ノアちゃん四歳か。ちょっと待ってなよ。すぐに呼び出してやるからな」

町内会長が準備を始め、近くにいた婦人会の女性達がノアに声をかけて慰める。

「僕はこれでいいかな？　皆さん、この子、よろしくお願いします」

「え。ネコのおにいちゃん、いっちゃうの？」

朱巳が行こうとすると、ノアは驚いたように顔を上げた。

「えっと、僕がいた方がいい？」

「うん」

ノアは嬉《うれ》しそうに笑って朱巳の手を握った。ついさっき出会ったばかりなのに、遊んでくれたお兄さんぐらいには懐かれているのに驚いた。

「よし、ママが来るまで、いっしょに猫ちゃん達と遊んでいようか」

「うん」

動物は便利だなと思いながら、朱巳は近くにいたカメをノアと遊ばせた。

そう広い場所ではないから、母親もすぐにやってくるはずだ。


すぐにやってくるはずだと思っていたが、こなかった。

子供がいなくなったら、普通は五分もあれば駆けつけてくるらしい。長くても十分あれば余裕だ。十五分あれば少し不審がわいてくる。

そして皆はノアの膝で丸まるカメを見た。トラブルに寄り添うデバガメ猫又モドキと呼ばれる曰《いわ》く付きの猫だ。

「いやいやまさか。何かあるとは限らないでしょ。トイレにこもってるとか？」

「でもトイレはそこまで混んでないわよ」

「買い物に夢中になって呼び出しが聞こえてないとか」

「子供を置いてそれはないでしょ。子供を連れてた方がサービス受けられるのに」

婦人会の女性達がひそひそ囁《ささや》いた。

「んじゃあ子供を置いて自分だけぜんぜん違う場所に遊びに行ったとか、そういうこと？」

「小学生ならともかく、こんな小さな子ありえなーい」

「でもおカメちゃんがいるのよ」

婦人会の間でも、カメにはある種の信頼があるようだった。あまり実感したくない類《たぐ》いの信頼だが、子供を助けたりしているので悪いようには思われていない。

「いやいや、トイレでないと決まったわけではないので」

町内会長と話をしていた警察官が、困ったように口を挟んで彼女達の憶測を止めた。

朱巳はその話がノアに聞こえないように猫を捕まえて、その肉球で彼女の小さな手を軽く叩《たた》いて気を引いた。

「ネコちゃんの手ふにふには肉球って言うんだよ。

「このふにふにには肉球って言うんだよ。わんちゃんにもあるんだよ。可愛いだろ」

「ネコちゃん、しっぽないね。どうしたの？」

「この猫は尻尾が短い種類の猫ちゃんだよ。ノアちゃんのポシェットの猫ちゃんも尻尾が短いだろ。同じ種類の珍しい猫ちゃんなんだよ。おカメちゃんって名前だよ」

カメはノアに撫でられ、喉をごろごろ鳴らしている。

「おカメちゃんかわいいねえ。おやつどうぞ」

母親がいないことを忘れているのを見て、こちらに注意を向けていた警察官が笑みを浮かべた。

「ノアちゃん、こんにちは。ちょっとおまわりさんとお話ししてくれるかな」

彼は視線を合わせるために腰をかがめながらやってきた。

雑踏警備中だった若い男性警官なのだが、笑顔や視線の合わせ方など、子供に慣れている雰囲気がして、ノアは警戒心なく頷いた。

「ノアちゃんはここまでどうやって来たの？　歩き？　電車？　車？」

「じてんしゃ！」

「じゃあ、ママがいなくなった時、ノアちゃんは何をしてたの？」

「ここでまってなさいっていわれたの。でね、おトイレにいきたくなってね。どこでまってたかわからなくなったの」

「そっかそっか。ママはどうして待ってなさいって言ったの？」

「わかんない。おでんわしてね、そしたらまっててって」

「誰とお電話してたの？」

「しらないおじさん」

婦人会の女性達が、ひそひそと話し始めた。ノアが語る内容は、彼女達の憶測を止めるのが難しい内容だった。

「どこの幼稚園に通ってるか分かる？」

「えっとえっと……チューリップぐみ！」

ノアは元気よく手を上げた。

「チューリップか。確かそこの保育園も花を組に使っていたな」

警察官はそう言うと、朱巳に笑みを向けた。

「君、みかがみ様の所のアルバイトの子だよね。園長に聞いた方が早そうだから、連絡してもらってもいいかな」

清文の姉が園長をしている保育園の園児かもしれないと気づき、朱巳はスマートフォンを取り出した。

すると、ノアははっとして手を上げた。

「ママが、こまったらエンチョーせんせいにたよりなさいって！」

皆で同時に視線を合わせた。

「ノアちゃん、それいつ言われたのかな？　ママが行っちゃう前？」

「うん」

警察官の問いにノアは頷いた。

「ママの言ったこと覚えてて偉いなぁ。どういう時に頼れって言われたか覚えてる？」

「こまったら！」

彼女の誇らしげな態度はとても可愛らしいが、別の不安をかき立てた。

「ママはいつ帰ってくるって？」

「すぐに戻るから、こうえんであそんでなさいって」

近くに砂場と滑り台しかない小さな公園がある。人目も多いから、一人で遊ばせても不安はないと思えるような場所だ。

その「すぐ」は五分でもおかしくないし、人によっては一時間でもおかしくはない。

「どういう意味で頼れなんて言ったんだろうなぁ。押しつけるつもりってならまだいいけど、普通は預けたら通報されそうな人には押しつけないよな」

清文の姉が知ったら迷わず通報するだろう。警察官は鼻先を掻《か》いた。

「すぐに戻るつもりだったで押し通す気なんじゃないの？」

「そうかもしれませんが」

腑《ふ》に落ちないと顔に書きながらも警察官は肩をすくめ「どうしようかな」と呟《つぶや》いた。

「じゃあこの子、神社に連れて行ってもいいですか？　ここじゃ落ち着かないでしょうし、保育園の子なら文仁おじさんが知っているかもしれないんで」

「よろしいんですか？」

「電話して聞いてみます」

朱巳はスマートフォンで文仁の番号にかけた。文仁が出るとかいつまんで事情を説明した。名前ではどこの子か分からないから、連れておいでと承諾された。

「ノアちゃん、そこの神社の宮司《ぐうじ》さんが遊びにおいでって」

「ぐーじさん？」

「神社の園長先生みたいな人だよ。神社は桜が綺麗で猫がもっといっぱいいるんだよ」

「もっといっぱい！　いく！」

彼女は頷くと、お気に入りのカメを抱き上げた。

「じゃあ、何か分かり次第連絡します」

「みかがみ様によろしくなぁ」

町内会長に手を振られて見送られ、朱巳はノアと手をつないで参道へと向かった。

◆◇◆◇◆

話を終えると、いつもの着物を着た清文は、口を押さえて笑った。

「くくっ。遅いと思ったら、迷子を保護して連れてくるなんて！　ああ、おカメちゃんといい君といい仕事熱心だねぇ」

「本当にねぇ。姿を見ないと思ったら、ああ、おかし」

清文と響子は笑いをこらえて身をよじる。それほど笑えることなのだろうかと疑問に思うが、響子も笑っているのでカメとの付き合いが長いほど笑いのツボに入るのかもしれない。

朱巳は買ってきたイカ焼きを食べながら肩をすくめる。

「おカメちゃんがついてくるから、なんでだろうって思ったんですけど……現場にいるだけじゃないんですか？」

「さあね。おカメちゃんの行動はおカメちゃんにしか理解できないから」

猫又モドキの気持ちが理解できれば苦労が一つ減るだろうが、分かるなら誰も苦労はしない。

「ほんと、猫又扱いされるわけですね」

「神様の使いだとか言われてるのよ。うちの看板猫なのに」

その駄菓子屋の看板猫は今もまだノアに抱かれている。よほど気に入られたようだ。ぽっちゃりした猫を撫でる幼女はなかなか写真映えするだろうが、清文の側《そば》で電子機器を使う勇気はなかった。清文曰く、不思議なことにデジタルカメラの類いは壊れやすいらしい。空気を循環させる空気清浄器やエアコンは壊れにくいから、本当に不思議らしい。

「ところで、清文さん。なんで服装が着物に戻ってるんですか？」

「聞いておくれよ。ひどいんだよ！　さっき知人達が押しかけてきて、人の恰好を見て出来損ないな一般人のコスプレなんて言うんだよ！」

「まあなぜかコスプレ感ありましたから」

「君までそんなことを言うのかい？　なんてひどいんだ」

清文は額を押さえて首を横に振った。

部屋の隅にキャットフードの試供品が置かれていた。知人の一人が獣医の田川《たがわ》のことだと分かり、彼なら言いかねないと納得した。

「もちろん似合ってましたよ」

「そんなこと言われても、私のガラスのハートはヒビだらけだ。古い物はいいじゃないか」

しいチャレンジをするのだ。

「時代錯誤な恰好が好きなら好きで貫けばいいじゃないですか」

「心が折れてしまったんだよ」

しかし彼のことだから、明日にはその折れた心も元通りになって、機会があれば新しいチャレンジをするのだ。

「きもののおにいちゃんどうしたの？」

ノアは大人がすねているのを不思議そうに眺めていた。

「さっきまでお友達と遊んでたんだって」

「ノアちゃんも、おともだちとあそんでるよ！」

「よかったね」

猫達と友達になってくれたようだ。気ままな猫達は、気ままに初めて見る人間の幼女にちょっかいをかけている。気ままなので、飽きたら行ってしまうかもしれないが、また別の猫が来るのだろう。

「おーい、分かったよ」

幼女と猫を微笑《ほほえ》ましく眺めていると、電話をしに外に出ていた清音が戻ってきた。

彼女は忙しい大人達の代わりにノアの確認に来てくれたのだ。そして念のためにと、園長である母に連絡をしてくれた。

「この子、間違いなくうちの園児だよ。商店街の人が知らなかったのは、この前引っ越してきたばかりの子だからだって」

清音は珍しく紺色のロングスカートをはいているのに、どかりとあぐらをかいて座り、けらけらと笑った。清文はどうせジーンズと言っていたが、友達と会っていたから お洒落な女の子がよく着ている流行のトップスや、可愛らしいアクセサリーなど、気合いの入った恰好をしている。この様子では、清文の知らない所で女の子らしいことをしたり、清文並に猫を被っているかもしれない。

「ノアちゃん、お腹《なか》すいたでしょ。アレルギーはないらしいから、好きな物食べていいよ」

彼女はノアの顔をのぞき込むと、にこりと笑う。

「えっと、りんごあめちゃん！」

「それはおやつだから、後でね」

「うん！」

ノアが何を食べたいか探している間に、清文が清音に呼びかけた。

「それで、越してきたばかりって？」

清文もイカ焼きをほおばりながら問う。

「うん。出戻りのシングルマザーだよ。旦那に問題があったとかで」

清音は複雑そうな顔をしたかと思うと笑顔を作り、たこ焼きを差し出した。

「ノアちゃん、たこ焼き食べなよ。たこ焼き食べられる？」

「うん！」

「じゃあ手を洗いに行こう。ネコちゃん達を触ったら、ちゃんと綺麗にしないと」

清音はノアからカメを受け取って、彼女を外の水道まで連れて行く。

「清音ちゃんは家事以外のことはしっかりしてますねぇ」

半月ほどの付き合いだが、彼女は家事のできる男を嫁扱いする以外は、意外としっかりした女の子だった。

「まあ、跡を継ぐつもりで頑張っているからね」

親の跡を継ぎたいなど、今時珍しいと感心した。

「うちの妹もあれぐらい自立心があれば安心できるのにな」

自立心どころか、ダメな兄をずっと面倒見てくれる気でいるらしい。

「君の妹さんが兄離れするのは難しいだろうね。私ならずっと妹の立場に甘えそうだ」

「まあ、そんなことないわよ。今は総菜も美味しいのがあるし、家事代行とかもあるのよ。テレビでやってたもの。自立心さえあればきっとなんとかなるわ」

不安なことを言う清文と、希望を与えてくれる響子。

個人でやっている総菜屋だと探せば美味しい店はある。そういったものを利用すれば、家事ができなくても生きていけるはずだ。

清文がやれやれと肩をすくめ、彼が大好きなゲソにかじりつく。

清音とノアも部屋に戻り、好きなものを食べ始める。少し冷めてしまったが、それでも魚のプロが作ったイカ焼きは柔らかくて美味しい。焼きそばも香ばしくてクオリティが高い。

ノアはたこ焼きを四つほど食べるとお腹がふくれてしまったらしく、おやつの林檎飴片手に再び猫をかまい始めた。

「うーん、たこ焼きなんて久しぶりだなぁ」

清文もたこ焼きを食べながらため息をついた。

「近くにたこ焼き屋さんがあるのに、食べないんですか?」

「どうにも食事と言うよりおやつみたいで。おやつにしてはカロリー高いし。けっこう油使うからね。どうせなら野菜たっぷりのお好み焼きを選ぶよ」

たこ焼きはたっぷりの油をかけて揚げ焼きのようにするから、普段の清文の食生活からは避けたい類いの料理だろう。

心配になるような高カロリーの食生活を送られるよりはいいが、たまに面倒臭い人だなと思うこともある。毎日ダイエット食を考えるのは大変だ。しかし大変でなければ、食事によるダイエットで失敗する人はいないはずだ。

「ねえねえ、かみのながいおにいちゃん。どうしてすけすけのおうちにいるの?」

ノアは急に猫から清文に興味を移して問いかけてきた。すけすけのおうちというのは、もちろん座敷牢《ろう》だ。

「ん、珍しいだろう。この中は神様の領域なんだよ」

「かみさま？」

「そう。入ってみる？」

「うん！」

彼女はよいしょとカメを抱えて立ち上がり、座敷牢の入り口を開けると楽しげに中に入った。こういう場所は初めてだからか好奇心旺盛な犬のように隅から隅まで顔を近づけて匂いを嗅ぎ、部屋をぐるぐる回った。

「きれいなおさら！」

彼女は大盃《おおさかずき》の前で足を止めた。

「それはお皿じゃないよ。水を入れる……ああ、コップみたいなものだよ。本当はお酒を入れて飲むんだ」

朱巳は占い道具としてしか見ていなかったから忘れていたが、本来の用途は酒を飲むのに使う物だと思い出す。

「おにいちゃんおサケのむの？」

「これでは飲まないけど、神様からお裾分けしていただくよ」

彼はたまに身内や友人と飲み明かしたりしている。来ると分かっている日は、酒のつまみにちょうどいい物を用意してはいるが、酒盛りが始まる前には帰ってしまうので、実際にどんな様子なのかは分からない。たまに洋酒の瓶《びん》やビールの缶が転がっているので、日本酒だけではないらしい。

「そっか。おさけのむんだ……」

ノアは急にしゅんとした。おかしな反応に、清文が微笑みながら助けを求めるように朱巳を見た。彼は欲深い大人の相手は慣れているが、小さな子供の相手は慣れていない。特に何かわけがありそうな家庭の子供は、プロでも難しいだろう。

「えっと、ノアちゃん、お酒嫌い？」

「きらい」

幼女相手に遠回しに聞いてもらちがあかないので、分かりやすく聞くと彼女は唇を尖《とが》らせて肯定した。あまりにはっきりとした拒絶に、返す言葉に困った。

「そっかぁ。お兄ちゃんもお酒は飲めないなあ」

料理にはもらい物の日本酒をだばだば入れているから嫌いではないが、飲み物としては飲んでいない。

「ネコのおにいちゃんはのまないの？」

「僕はまだ二十歳になってないから飲んじゃダメなんだよ。それに猫ちゃんもお酒は飲んじゃいけないから仲間だね」

「うん！」

無邪気に頷くが、小さな子供が酒を飲む大人を嫌う理由など一つしか考えられない。親の酒癖が悪いのだ。

「パパやママはお酒を飲むの？」

「……うん」

どちらかを否定するかと思ったが、どちらも否定しなかった。

詳しく聞き出すのが彼女のためになるかもしれない。しかしそれがもし、辛《つら》いことだとしたらと思うと、安易に続きを聞くのはためらわれた。

「ノアちゃん、きみのパパはどんな人だった？」

しかし清文は問いかけた。優しく微笑み、何も知らないかのように、当たり前のように問いかけた。

人見知りを自称するのに、彼はたまに恐ろしく神経が図太くなるのだ。

「パパ……パパいないよ。ママが、パパはいないって」

「そう。じゃあママはどんな人？」

「ママはママだよ」

「そうだね。ママだよね。じゃあ、ママはいつもなにをしてるんだい？」

「ママね、おしごとしてるの。でもおしごとはきらい」

清文は首を傾《かし》げ、すぐにまた笑みを浮かべて話しかける。

「ママは嫌なお仕事をしているの？」

「ううん。ママ、つかれてあそんでくれないの」

「ああ、ママと遊ぶ時間が減ってしまうのか。それはちょっと寂しいね」

仕事は大切だと言うのは簡単だが、大人でも好きで仕事をして家族との時間を削っているわけではないから、難しい問題だ。

「パパもね、おしごとしててね、かえってこなくなっちゃったの。だから、おしごときらいなの」

「えっ⁉」

「まあ、死別だったのね。可哀想に！」

驚いて硬直する清文を押しのけ、響子はノアを抱きしめた。

朱巳はどういうことかと清音を見た。彼女は慌てて首を横に振る。

パパはいないというのが離婚したという意味ではなく、仕事中に亡くなったのなら、ひどいことを聞いてしまったことになる。

「え、いや、離婚したって母さんから聞いたよ。死別の方が世間体はいいのに、離婚なんて言う必要はないから、子供にだけ死別ってことにしてるんじゃない？」

「確かに、父親と会わせないならその方が手っ取り早いか」

生きているのに死んだことにするのは、子供の選択肢《し》を奪うような行いだが、父親に会わせたくないならそうするのが一番だ。

「浮気とか仕事にかまけて家族をないがしろにしたから捨てたとか？　友達の家でも親の仲がヤバいってよく聞くよ」

清音があぐらをかいた片足を立てて、嫌悪感を顔に出す。中学生がそのような話をするなど、世知辛《せちがら》い世の中だ。

テレビの中の遠い世界の話としては聞いたことがある。婦人会の人達が話していたのもそれで、朱巳も彼女達の心配を聞いて、本当にそうではないかと不安に思った。

「離婚したとたんに男ができて子供をほっとく人はけっこういるけど、そういう人なのかしら」

響子は自分の飼い猫ではなく、すり寄ってきた野良猫を撫でながら言った。

「あー、でも、ノアちゃんの母さんは親と同居してて、こんな所に置いてくなんて違和感があるって母さんが言ってたんだよね」

離婚したなら独身である。男と会うなら家に置いてくればいいのだ。警察沙汰になりかねない場所に置いておく方が問題である。

「なら清文くん、もう手っ取り早く占ってみたら？　どうせお供え物一つですむんだし。芳美さんがいたら、こんなにぐだぐだ悩んでいなかったでしょう」

「響子さん、人の業をちゃちゃっとできるかのように語らないでほしいな。私は他人の私生活に首を突っ込む趣味はないんだ。特に男女のどろどろは嫌いでね」

「そういえばドラマでも痴話喧嘩《ちわげんか》が長引くと興味なくしちゃうわよね」

響子が個人的な感想を述べると、清文は肩をすくめる。

「響子さん、現実のことなんですから興味をなくさないでよ。ま、うちの園児のためですし、特別に見るだけ見てみるとしようか」

清文は渋々立ち上がり、大盃と水の入った鉄瓶を手に取った。彼は意外に子供好きなようだ。

「じゃあノアちゃん。お兄さんがママがどこにいるか占ってあげようか」

「うらなう？」

「お兄さんは当たると有名な占い師なんだよ。神様の力を借りて占いができるんだ」

「すごーい！　うらない！」

ノアは無邪気に手を叩いた。女の子は占いが好きだが、こんな小さな子でもそれは当てはまるようだ。

「ノアちゃん、ママのことを思い浮かべながらお皿の中にちょんって軽く指を入れてみて」

清文は手本として水面を撫でる。波紋が広がり、濡《ぬ》れたのは人差し指と中指の腹だけだった。

ノアは水浴びだと思ったのか、ぱしゃりと指を入れた。指は背まで濡れ、跳ねた水で頬まで濡れた。ノアがこぼれた水を見て「あっ」と声をあげると、清文は微笑んで頷いた。

「ノアちゃんは元気だね。じゃあママを思い浮かべて」

「うん」

「ママと離れた時、ママはどんな様子だった？」

「えっとね、おこってたの」

「どうして怒っていたの？」

「スマホにおこってたの」

清文は眉間《みけん》にしわを寄せた。

「怒っていたんだ。そうだね……ママがノアちゃんに待っているよう言った時、ママはどっちに向かった？　向かった先に何か目印はなかった？」

「あのね、あかいのがあったよ」

彼女は片手で大きく楕円《だえん》を描いた。それは円ではなく、四角のつもりだとすぐに分かった。

「鳥居かな。神社の前の赤い奴だよね」

「そう！　でね、しらないおじさんがいたの」

「知らないおじさん？」

普通なら男と会っていると判断して激高する場面だ。しかし清文は困惑したように大盃をのぞき込む。

そこには何も見えない。何も映し出していない。

「お兄ちゃん、何が見えたの？」

清文の様子を不審に思った清音が問いかけると、いつもは客前では崩さない清文の優しげな表情がひどく崩れていた。

「暗くて狭い場所。暗い場所ならともかく、この感じは狭い場所だ」

何も見えない意味が分かり、朱巳の表情もわずかに崩れた。わずかと思っているが、他人から見たら大きく崩れているかもしれないと思いながら、理解していないノアを見た。彼女から聞き出せることはまだありそうだった。

「ノアちゃんママはどうして怒ってたか分かる？　おじさんとどんな話をしてた？」

朱巳が問いかけると、ノアは反対側に首を傾げた。

「あのね、ママね、やくそくをやぶったっておこってたの」

「そうだね。あ、知らないおじさんってどんな人だった？」

「マスクしてたよ！　あと、あおいぼうし」

顔を隠していたなら、知らない人というのも怪しい。子供に帽子を被ってマスクをした大人の顔の区別などつかなくても無理はない。

「清文くん、おカメちゃんってばこの子につきっきりよね」

「にゃあ」

響子が自分の膝に戻らない自分の飼い猫をじっと見つめた。

「猫語が分からないのが、時々もどかしいわぁ。意味ありげでも何もないことの方が多いのに、たまに大当たりさせるから面倒なのよ、この子！」

響子は猫の表情を読むのを諦《あきら》め、カメの顔を手で掴《つか》み、顔をもみしだいて変顔をさせた。

「暗くて狭い場所ねぇ。どこかに監禁されているのかしら？　でもそれならおカメちゃんはそこに向かっていたでしょうし……車のトランクとか？　それならさすがのおカメちゃんでも追えないから」

彼女は冗談で言ったのだろう。しかし清文が「なるほど」と納得してもう一度のぞき込んだ。

「どうやら移動しているよ。人気《ひとけ》もない。町の方じゃない。たぶんこれは山の方だ」

すると清音は立ち上がった。

「……お兄ちゃん、ヤバいじゃん！　あたし、母さんに伝えてくる」

彼女は慌ててもう一度玄関に走って行った。

「わたしは目撃証言を聞き込みに行ってみるわ！」

響子は力強く言い、毎日の石段の上り下りで鍛えた足で元気に走って行った。

大人達が慌てているのを見て、ノアは不安げに朱巳を見上げた。

「ノアちゃんもう少しお兄さん達と一緒に占おうね。ママをお迎えに行けるようにさ」

ノアは小さく頷いた。その頃には清文もいつもの微笑みに戻っていた。ここで全員が慌てていては、ノアが不安に思ってしまう。大人はどんと構えていなければならないのだ。

「清文さん、僕はどうしましょう」

「君は父さんに電話して。こんな曖昧《あいまい》な情報でも動いてくれる話の分かる警察関係者は何人か知っているから……ああ、でも、自分達で先に動いてた方がいいかも」

狭くて暗い場所が何か分からない以上、誰かに任せきりにするのは危険に思えた。

「自転車で行ける範囲ですか？」

「行ける範囲だけど、君一人で行かせられるはずがないだろ。相手が車に乗ってたら危ないし追いつけない。だから父さんに動けるようにってお願いして」

「分かりました」

男一人で自転車よりも、男数人で車で向かった方が数段安全だ。待ち受けているのが飼い慣らされている人懐《ひとなつ》っこい犬ならいいが、大人の男がいるかもしれないとなると、それなりに覚悟が必要だ。

◆◇◆◇◆

文仁の元から清文のいる離れに戻ると、彼は着替えて外で待っていた。いつぞやの怪しい札だらけの衣装を身につけて、水の入った大盃を手にしていた。

座敷牢扱いされた衣装を身につけるということは、珍しく彼もついてくる気だ。

「やっぱり怪しい……」

「怪しいよねぇ」

思わず本音を漏《も》らすと、清音は二度も頷いて同意した。

「清音、否定してくれとは言わないけど、追い打ちはかけないでくれ」

清文はふいと視線をそらしてすねた。

「いや、でも、清文さん、その恰好で自転車に？」

「私は何でも似合ってしまうけど、さすがに町中に出るのは恥ずかしいよ」

この姿でも神社のような特別な場所にいる分には平気なようだ。

「じゃあどうするんです？」

「こっちにおいで」

「ノアちゃんは？」

「婦人会の人が預かってくれてる。さすがに連れて行くには幼すぎるからね」

まるでもう少し大きければ連れて行くような言い方だった。

(けっこうスパルタなのかな？)

彼は幼い頃から今の仕事をしていたのを思うと、子供だからと庇護《ひご》だけする年齢は、普通の大人よりも低いのかもしれない。

清文は朱巳をつれて車庫の方へと向かう。いつも文仁が使っている車庫ではなく、離れた所にある古い車庫だ。今まで開いているのを見たことがなかった車庫の入り口が開いていた。中からは聞き慣れないうるさいエンジン音が聞こえた。

「父さん、動いた？」

「そりゃあ動くさ。手入れしているからね」

車庫の中から声が返ると、中から古い自動車が出てきた。ただ古いのではない。ぴかぴかに磨かれた丸いラインが多くて可愛らしい、趣味人が乗るレトロな車だ。

文仁が普段乗っているのは実用重視の大衆向けのコンパクトカーで、こんなものが出てきたのが意外だった。

「お兄ちゃん、朱巳ちゃん！　さあ、乗って！」

清音が助手席から手招きした。すると清文が車に向かって歩み寄る。

「え、清文さん自動車に触って大丈夫なんですか⁉」

清音まで同行することより、清文が自動車に触れようとしたことに驚いた。

「ああ、これは古い車だから大丈夫だよ」

彼は堂々と言い切り、後部座席に乗り込んだ。

「え、ええ？　本当に動かして大丈夫なんですか？」

彼が外に出ていた時に別の建物で電子レンジを使っただけで壊れたことがあると聞いているので、とても信用できなかった。

「ああ、この車は電子制御されていないから滅多なことでは壊れないよ」

大盃を膝に抱えて座る清文が、自慢げに言った。

「電子制御されてない？」

「つまりパワーウィンドウも、エアコンもないクラッシックカーって奴さ」

文仁が運転席から振り返って指を立てた。

清音が助手席に乗ったので、朱巳は恐る恐る清文の隣に座った。

古いためか、クッション性のない座り心地が悪い座席だった。

「そういえば朱巳くんは自動車の免許を持ってたよね？」

急に運転席の文仁に振られて、慌てて首を横に振った。

「ぼ、僕はオートマ限定です」

高校時代に生活に必要になるだろうと、叔父《おじ》にすすめられて免許を取ったのだ。だから比較的新しいオートマの教習車しか運転したことがない。

「じゃあ近いうちに限定外してこないとね」

と、文仁は車をゆっくり発進させた。

「えっ……と……」

朱巳は恐る恐る運転席を見た。見たことのない運転席だった。言葉の通り、見たことがない。並んだメーターすら、意味が分からないのがある。

「なにこれって感じですけど」

知らないレバーなどがあり、なければならないレバーがない。想像以上に、本当に古い車だった。

「まあ、エンジンをかけるのもコツがいるような古い車だからね。ガソリンの濃度とかモーターの回転率とか気にしなきゃいけないらしいよ」

と、他人事のように言う清文。

好きな人にとっては心躍《おど》らせる展開だろうが、朱巳は今まで車など値段しか気にしたことがなかったほどで、胸は弾むどころかキュッと縮こまってしまった。

気後《きおく》れしていると文仁が笑った。

「まあ気持ちは分かるけどね。ちゃんと今度教えるよ。電子制御ってすごかったんだって思ったりすることもあるけど、まあ若い子は覚えが早いから大丈夫」

朱巳は思わず首を横に振っていた。

「絶対にすぐにエンストさせて助けを呼ぶ羽目になりますよ」

教習車でも緊張したのに、高そうなクラッシックカーを運転などとんでもない話だ。

「まあ色々と手間がかかるけど、これでしか清文を運べないから、もしもの時のために運転覚えてもらわないとね。本当は今日も君に運転して欲しかったぐらいだよ」

朱巳の頬が引きつった。すっかりペーパードライバーになっているのに、無茶振りが過ぎる。

「大丈夫。エンジンが掛からないことなんて珍しくないから、壊れたからって怒らないよ。そういうものだからね」

「はあ……」

「清文が乗ったらもう何が原因で壊れたか分かんなくなるから、壊れても気にすることはない」

「え、やっぱり壊れるんですか？」

「ひょっとしたら普通に壊れただけかもしれないけど、それも可愛い所だって、父が言っていたんだ。父はみかがみ様だった祖父とよくドライブに行っていたからね」

つまり清文の祖父と、先代みかがみ様である曾祖父《そうそふ》だ。二人はドライブに行っていたらしい。

そう言うと、文仁はまごつきながら車を神社の敷地外の道路まで出した。普段は新しい普通車に乗っているから、彼も慣れていないのではと気づいた。

「さて、清文、どこに向かえばいい？」

「このまま一度下りて、山の方に上ってくれないかな。墓地の方」

「分かった。坂道を上るのは苦手だけど頑張るよ」

さらりと怖いことを言って、文仁は車を発進させた。


安全運転で山道を走った。時計を身につけていないが、日の位置から今は二時ぐらいのはずだ。ノアを見つけてから二時間近く経っており、焦《あせ》りが募《つの》る。

しかし走っているのは、道幅がだんだんと狭くなるという、初心者殺しの恐ろしい道である。舗装こそされているが、朱巳はオートマのコンパクトカーでも走りたくないと気後れするような道だ。

車の古さもあって最初はたどり着けるのかさえ不安に思っていたが、文仁は意外に慣れた調子で運転した。それもこの先に墓があるかららしい。いつもは電子制御の行き届いた最新の車に乗っているが、たまには動かさないといけないため、墓参りはいつもこの車を運転するのだという。

「母もここに埋葬されているから、よく来るんだよ。地元の人しか来ないから、他人の電子機器を心配せず安心して走れる。もしものことがあっても歩いて戻れる距離だし」

清文は固いシートに身をゆだねつつ、ノアに借りた母親の物と思わしきハンカチを手に、膝に抱えた大盃をのぞき込んでいる。水には相変わらず闇が映されていた。

車体が揺れるとたまに水がこぼれ、彼の膝に敷いた分厚いバスタオルを濡らす。彼の衣装が濡れないよう、バスタオルの下にはさらにビニール袋がある。いつも車内に用意してあるらしい。

「清文さん、分かります?」

いつもは遠距離から誘導されているので、彼が隣にいるのは不思議な感覚がした。

「ああ。近づいているよ。地元の人みたいだから、たぶん私達と遠い親戚なんだろうね。おカメちゃんを探すより分かりやすい」

清文は大盃の縁に指を滑らせる。こんな場所でも彼は妙な雰囲気がある。それを演出しすぎて常時にじみ出るように身につけてしまったと受け取るか、頼もしいと受け取るべきかは、分からなかった。

「状況に変化はない。もう移動していないのだろうね」

清文は眉間にしわを寄せた。人気のない山の中で、移動をやめる理由を考えると、恐ろしいことが思い浮かぶ。

「この先は行き止まりだ。間違えて迷い込んだだけならいいけど」

変化するということは、狭くて暗い場所から連れ出されるということだ。滅多に誰も来ない場所に女性を連れ出すという状況だけが分かっていると、不安しかない。

「おじいちゃん、あそこに車が」

清音が前を指さした。坂道の上に、車が停車しているのが見えた。

坂を登ると小さな駐車場があり、ファミリー向けの軽自動車が止められていた。このレトロな車と違い、すれ違っても気にも留めない大衆車だ。

文仁は窓から首を出して「おーい」と声をかけた。しかし車は動かない。

「僕、確認してきます」

朱巳はシートベルトを外して、車外に出ようとした。

「なら朱巳くん、墓参りにでも来た風に声をかけてみて。関係ない人なら、ここから先に道はないから戻るように言って」

「もし捕まってる女の人がいたら？」

「気づかない振りをするか、すぐに戻っておいで。もしもの時も迂闊《うかつ》に近づかなければ、君の健脚なら問題ないさ。ここはいつも見ている海外ドラマと違って、日本なんだから」

あっても大きくて目立つ猟銃だけだ。とっさに取り出して撃てるような銃ではない。朱巳は覚悟を決めて車を降りた。小さな駐車場に止まる車は動かない。気づいていないのか、気づいていても返事ができないのか、分かるまで油断できない。

「あのぉ」

運転席をのぞき込むと中には誰もいなかった。墓場にも誰も人影はない。墓石が立ち並んでいるから隠れていないとは言い切れないが、見える範囲におかしな点はない。

何か手がかりはないかと後部座席を見た。後部座席にはファンシーな包装用紙に包まれた箱があった。いかにも子供へのプレゼントで、ファミリーカーにあってもおかしい物ではない。さらに後ろを見ようとした時、ふとそれが目に入った。

運転席と後部座席の間に、毛布が被せられた細長い物が置かれていた。それはまるで、狭い座席の隙間に人間を押し込み、毛布を被せて隠したかのようなシルエットのようだった。

人は点が三つあれば人の顔と見間違えるというが、思い込みで人間の形に見えてしまっているだけかもしれない。しかし人間かもしれない。

「お、おーい」

大声を出してはいけない気がして、朱巳は小さな声で呼びかけて車の窓をこんこんと叩いた。何度か繰り返すと、人に見えたそれが急に動き出して車のドアを蹴った。

朱巳は振り返って頷いてから、ドアに手をかける。しかし鍵がかかっていて開かなかった。

文仁が出口を塞《ふさ》ぐように車を止めたまま、車外に出てどこかに電話をかける。外に出ると被害を出しかねない清文と彼に掴まれている清音は車中に残っている。

「おい、何してんだっ」

罵声が響き渡り、朱巳は顔を上げた。

男が山から出てきた。キャップを被り、マスクで顔を隠した怪しい男だ。

いきなり山から出てきて言う台詞《せりふ》ではない。

「それはこっちの台詞です。あんた、そんな怪しいなりで、こんな所で何やってるんですか」

「てめぇの知ったことかよ。人の車に触ってんじゃねぇよ」

男は威嚇《いかく》するように言った。あまり柄のいい男ではないようだ。

「ここはうちの山ですが、なにをしてるんです？」

「しょ、小便してたんだよ！」

こんな人気のない場所で、わざわざ足下の悪い森の中に入ってまで身を隠してする意味が分からなかった。車内に人間がいるのを確認してしまった以上、埋められそうな場所を探しているとしか思えない。

「んんっ！　んんんんっ！」

軽自動車の中から口を塞がれたような女性の声が聞こえ、必死に蹴っているのか車体が揺れた。男が戻ってきてしまったのに気づいて、必死になったのだ。

「あんた、誘拐《ゆうかい》犯？」

朱巳が男を睨《にら》み付けると、彼は大きく後ずさった。

気の強そうな大人の男にしては、思ったよりも大きな反応だった。舐《な》められてばかりだったから、いつもなら逆に怒鳴られていた所だ。

不審に思って顔をしかめた時、ふと前髪が目に入る。

（あ——そうか。そういえばちょっとワルそうな恰好してたっけ）

最近——髪を染めてから、不良っぽいと言われることがある。しかもアクセサリーはごつめで、怒った顔をしていた。ひょっとしたら、初対面の相手にとっては威圧感があったかもしれない。

ならばと、試しにすごんでみた。

「窓を割られるのと、自分で鍵開けるのどっちがいい？　逃げようったって無駄だよ。

ここ、あそこしか道ないから」

朱巳にとっては、これで精一杯の威嚇だった。

何かが違う気がしたが、今まで誰かにすごんだことなどない朱巳には、すごむというのがどういうことなのか、やってみても分からなかった。

だが幸いにも高そうなクラッシックカーで狭い一本道は塞がっている。車というのは、乗っている人間の印象を変える力がある。人の良さそうな小太りの男でも、スモークの貼られた黒い高級外車に乗っていたら怖いように、印象に影響を与える。綺麗に磨かれたクラッシックカーは、ファミリーカーよりは雰囲気があるはずだ。

あと必要なのは迫力のなさを補う行動だ。

「開けないなら勝手に窓を割るから」

周囲を見回し、車止めが欠けて、コンクリートの塊《かたまり》が転がっていた。それは鈍器《どんき》にするにはちょうどいい大きさだった。

「これでいっか」

コンクリートの塊を拾い、窓を割る仕草をした。

「や、やめろっ」

「じゃあ開けて。それとも」

朱巳はコンクリートの塊を大きく振りかぶった。

何をする気もないが、妹の選んだ少し派手なジャケットと——清文曰く間違った英語がプリントされたドクロマークのTシャツは、朱巳をいくらか凶行に走りそうな見た目にしているのかもしれない。

「ちっ、ちょっと待てっ」

「誘拐犯に待てと言われて待つわけないだろ」

「誘拐じゃない！」

男は観念して車のキーのボタンを押した。朱巳は男を睨み付けながらドアハンドルを引いて、スライドドアが開くのを待つ。

自動でドアは開き、中にいた女性が這《は》いずり出ようとした。

「朱巳くんはそのままあの人を監視してて。お嬢さん、大丈夫かい？」

文仁が朱巳に指示を出し、車内に声をかけた。

朱巳は男がなにもできないように睨みをきかせた。大人《おとな》しい髪型をしていた頃だと効果は薄かったかもしれないから、今は少しだけ妹の趣味に感謝した。

「ああ、ひどい。すぐにそのガムテープを外しますから」

彼女はガムテープで手足をぐるぐる巻きにされて、口も塞がれていた。

「どう見ても誘拐じゃないか！」

「ち、違うっ！」

誤解も何もないほど、誘拐された女性の姿だ。

「何が違うんだよ!」

「俺は娘を助けるためにっ!」

「娘を助けるために、母親を縛り上げてわざわざこんな人気のない山の中に連れてきたっていうのかい? それは無理があるよ」

ガムテープを外していた文仁が、あまりにもひどい言い訳に目を丸くした。朱巳もコンクリートを握る手に力がこもった。

「どう見ても埋めるためよね!」

と、場違いな可愛らしい清音の声が響いた。

「まあ、山の中に来たらそうとしか思えないのは違いないけど……ひょっとしたら通り抜けようとしただけかもしれないよ。地図上だと、そこに道があることになってるから。頑張って進んでも通り抜けできない罠《わな》のような道だけど」

と、舗装されていない道を指しながら、清文も車外に出てきた。

「通り抜けた後どうするつもりだったのよ。ノアちゃん置いてさ」

「まあね。その時点で説得力がないな」

「いや、二人は中にいてくださいよ。危ないですよ」

朱巳はのこのこ出てきた二人を手で制した。朱巳よりも鍛えている清文はともかく、女の子の清音は安全な場所にいるべきだ。

「バイトくんに危ないことをさせて、雇い主は車の中にいるなんてブラック企業みたいじゃない」

「そう言って出て行った清音を追ってきたんだよ。雇い主は私なのにね」

清文は羽織を気にしながら肩をすくめた。

「な、なんなんだあんたらっ」

「この山とここの墓地の所有者ですが。そちらこそ人の土地で何を？」

清文は微笑みを向け、すぐに興味をなくしたように拘束を解かれた女性に視線を向けた。彼女は文仁にしがみついて小刻みに震えていた。

「すっかり怯《おび》えて、お可哀想に。あなたはノアちゃんのお母さんですか？」

清文は女性に声をかけた。恐怖で身を震わせていた女性は、はっと顔を上げた。

「娘を、娘はっ⁉」

まだ完全に拘束が解かれていない彼女は、身をねじって暴れた。恐怖を振り切り娘のことを心配する彼女に、清文が優しく声をかけた。

「落ち着いてください。彼女は商店街で保護しています。私達はノアちゃんからお母さんが怪しい男とどこかに行ってしまったと聞いて、探しに来たんですよ」

「えっ⁉」

その間に文仁が絡《から》んでいた腕の布テープを剥《は》がした。

「墓地の方に地元では見ない車が向かったと聞いて、よもやと思い来ました。ですからもう心配いりません」

清文は大盃を片手で持ち、片手でノアの母親の目元を和風のハンカチで拭った。さらに口元を拭くと、彼女は痛みで顔を歪めた。

彼女の口元には青あざがあり、唇には血がついていた。一目で殴られたのだと分かる姿だった。

「怪我をされていますね。彼に殴られたんですか？」

彼女は涙をこぼしながら無言で頷いた。

「やっぱり埋めようとしてたのね」

清音は男を睨み付けた。車内にあったのか、彼女は木刀を肩に担いでいた。

「違う！　そいつは娘を虐待してるんだ！　娘を助けるには、そいつから娘を引き離さなきゃならないんだよ！」

男は小柄な女の子が相手だからか、朱巳に対してよりも強気に前に出た。しかし清音は怖《お》じけず、木刀で肩を叩きながら前に出る。

「あのねぇ。助けなきゃならないような虐待してたら保育士は気づくっての！　ノアちゃんは問題行動は取らないし、友達いるし、誰にでも懐くし、標準体型だし、清潔な服着てるし、虐待を疑うようなアザとかもないの」

清音は木刀を男に突きつけた。今日は友人と遊んでいたからか、いつもよりも派手な恰好をしている。それがいつもより彼女に妙な迫力を与えていた。

「こいつはろくでなしの男といちゃつくために、娘をほっといて一人にしてるんだぞ。あの男とつきあい始めてから、娘は骨を折って病院に運び込まれたんだ！」

「あのね、別れた奥さんがたまに彼氏と遊ぶぐらい何なの。だいたい子供はちょっとしたことで怪我をするのよ。ちゃんと病院に連れてって、日常的な虐待を疑われてないなら他人が口を挟むことじゃないの。こんな簡単なこと、分かんない？」

清音は男の言葉に動揺を見せず、中学生とは思えない論理的な反論をした。

「言ってることは立派だけど、あの恰好は一昔どころか、二昔前の不良みたいだよね」

清文が小さく呟いた。木刀を肩に担いで肩を叩くような不良少女がいたのは、アニメの中というイメージがあった。実在したのかすら知らないが、足首まである紺色のロングスカートはそういうのを思い出させて、確かにと頷いてしまう雰囲気があった。

「だいたい、今ノアちゃんが一人なのは、おっさんがお母さんを連れてきたからでしょ。でもこんなことする父親がいたら、一人で待たせておく方がはるかにマシよ。もし連れて対応してたら、あの子がどれだけ怖い思いをしたことか」

「今日だけじゃなくて、普段からなんだよ。こいつは娘よりも男を選んだんだ。だから別れるか、ノアの親権を渡すように話をしに来たんだよ」

　埋めようとしたわけじゃないとでも言いたげだった。実際に埋めるつもりはなかったかもしれないが、それは誰にも分からない。

「一人って、あんたね、私がいない時は母さんが面倒見てくれてるから、一人なわけないでしょ！」

　ノアの母親が声を荒げた。

　彼女は出戻ったのだ。出戻りというからには、実家に戻っている。当然、彼女とノアだけで暮らしているのではないから、ノアが一人になるはずがない。

「骨折させたのに、俺が連絡しても無視して隠してたくせにか？」

「骨折じゃないわよ。足の指の先にヒビが入っただけ！　ジュース抱えて階段上ってたら、変な風に転んだだけよ！　大したことがない怪我まで、なんで教えなきゃいけないの？」

　朱巳も変な風に転んで骨折したことがある。親の目の前の出来事だったが、親がしっかり見てても防ぐのは難しかったはずだ。

「だいたい、あんたとは離婚したんだから、私に彼氏の一人いても勝手でしょ！　娘の幸せのためなら、親なら孫の面倒だって見るわよ！　私が止めてるのに、余所の女の不幸話を信じて騙されたあんたに、私の生活をとやかく言う資格はないわよ！」

手足が自由になった母親は立ち上がり、清文の背に隠れながら元夫に罵声を浴びせた。

「だいたい、あんたが電話してきても、ノアにはちゃんとした教育をしろとかって、余計なことしか言わないじゃない！」

「俺の親がちゃんとしてくれなかったせいで苦労したから、娘にだけはって思うのは当たり前だろ。なのにレベルの低そうな保育園だなんて」

レベルが低いと言われて、清文が目を細めた。

保育園の悪い噂を聞いたことは一度もない。元々は周囲に保育園を建てられる場所もなかったため、頼まれて地域のために始めたことらしく、クリスマス会をやるほど宗教色もないとかで、神社が経営していることを知らない人もいるらしい。

「あんたの稼ぎじゃお受験が必要な私立幼稚園は無理って言ってるでしょ！　それなのに、止めるのを振り切って余所の女に金を貸して逃げられる馬鹿に、教育がどうのと言われたくないわ！」

浮気よりも実害が大きい、ひどい話だ。友人に頼まれて連帯保証人になる並に質《たち》が悪い。

「どこの保育園もなかなか空きがないから、あの保育園に入れただけでもラッキーなのよ。しかもただの園児の保護者を、わざわざ探しに来てくれるなんてっ――」

ノアの母親は嗚咽《おえつ》を飲み込み、身体を震わせた。

普通、確信もないのにわざわざ探しに来たりはしない。普通ではないのだと思い出して、一ヶ月にも満たないバイトで、普通でないことに慣れていた自分に驚いた。

清文は接客用の笑みを浮かべたまま彼女の背をさすっていた。

「いい。そこの園長先生の娘さん以外、初対面なのよ。あんた、私がいなくなったからって、自分で探しに来てくれた⁉　来てくれないでしょ！」

「そんなことはない！」

「あの女の不幸話に入れ込んで、ノアを遊園地に連れて行く約束も破って、私の話には耳も貸さなかったのに？　誤魔化すために借金までして騙してたのに？」

あまりに根深い不信感に、清音はうんうん頷いた。

離婚は当然だし、娘と会わせたがらないのも当然だ。

「何で誘拐までしようとしたんだろ。普通は反省して見せて、信頼を取り戻そうとするものなのに」

子供が怪我をしたと聞いて、虐待を疑うのは仕方ない。娘と会わせたがらないのに不満を持つのもしかたない。だが、自分が殴ったら不利になるのは、朱巳でも知っている。埋めようとしたり、一家心中でも考えていない限りは。

「そうだね。普通は雪解けを待つね。女に騙されただけで、暴力は振るっていなかったみたいだし——どうしても、ノアちゃんを引き取らなきゃいけなかったのかな」

清文はふっと笑い、抱えていた大盃を探し物をする時のように、深くのぞき込んだ。

「……何を見るんですか？」

彼は人の足を引っ張るための材料を求めてきた客の時と同じ顔をしていた。

朱巳は好奇心から大盃をのぞき込んだ。そこに見えるのは、不機嫌な清文の鏡像と、その奥に広がる暗いもの――。

ふいに、水の中、男の姿が見えた気がした。

「朱巳くんにも見えるのかい？　みかがみ様は探し物の神様だ。で、探し物といっても、その幅はけっこう広くてね。とにかく探し出し、暴き出すのが得意なんだ。物だろうが、何を探しているかはっきりしていれば、心の中にだけある〝秘密〟だろうがね」

朱巳は思わず身を引いた。すると清文はふっと笑う。

「安心おし。いつもは怪しい依頼人の時、悪さに利用されないかどうか確認するために使うものだよ。君の心なんてのぞき込んでも、せいぜい今日の夕食や、家族のことで悩む姿しか見られないだろうね」

妹のこと、吹っ切ることのできない両親のこと。それが朱巳のすべてだと言われれば、その通りだ。

「それで、君には何が見えた？」

「えっと。一瞬ですが、うずくまって、頭を抱えていました。すごく悲しそうでした」

そんなつもりはなかったというのも、信じてしまうほど悲しげな後ろ姿だった。後ろ姿しか見えなかったのに、悲しげだと思ったのだ。

「そうだね。そして後悔と不運に嘆いている。愛されないと思い込み、愛を求め、愛を得ても満足できずに新しい愛を求めて、裏切られて、得ていた愛を失い、暴れることによってさらに失う、自縄自縛《じじょうじばく》する男の姿だ」

見慣れているとばかりに、彼はすらすらと答えた。彼には朱巳よりも色々なものが見えているのかもしれない。

「愛されていないんですか？」

「典型的な愛されていないと思い込んでいる人の反応だからね。だから誰かに必要とされると、簡単に騙される人だ。彼はひょっとして、親と不仲では？」

表情を読まなくても、ノアの両親が息をのんだ音を聞いて正解だと把握できた。

「親と不仲な理由は兄弟？」

「は、はい。彼はいつもお兄さんと比較されて」

「ひょっとして、ノアちゃんは唯一の孫？」

「……はい」

彼のような人間のことは、水鏡をのぞき込まなくても分かる。分かりやすい。

「つまりは唯一、兄に勝てている部分であると。なるほど」

ノアの母親は元夫を見た。ノアの父親は唇をかみしめた。

「まさか本当に、親に言われて、親のご機嫌取りのためにここまでしたの？　冗談でしょう」

彼の反応を見て、彼女は顔を引きつらせた。

「違う。こんなこと、するつもりはなかったんだ。面会させてくれる約束だったのに、何度言っても、ノアに会わせなくて、何かあったんじゃやって」

「会わせなかったんじゃなくて、あんたが月に一度の面会もせずにほっといたからでしょ」

「最初は、生活が変わって大変だったんだよ。数ヶ月会わなかっただけで資格がないなんて、おかしいだろ！」

ノアの父親は苦しげにはき出した。

ノアの父親はノアに会せてもらえなかった。母親は数ヶ月で見切りをつけて、頑《かたく》なに会わせなかった。車の中のプレゼントらしき包みから、ノアの父親がノアに会いたかったのは本当だと分かる。

「確かに、ノアちゃんが父親が死んでるようなことを言っていたな」

だから頑なに会わせなかった。

「こんなことをしなければノアちゃんに会う権利はあったのに、馬鹿なことをしたものだ」

清文は首を横に振った。

「冗談でしょう？　こんなことをする人と、娘を会わせられるもんですか。ノアに余計な物を買うお金があるなら、借金をどうにかしていらっしゃいよ」

「借金は返した」

「まさか、ご両親に？　それでノアを両親に売ろうとしているの？」

「違う。売ろうだなんて。ただ、上手くいけばあの家はノアが継げるんだ。兄貴の所が不妊で子供ができないんだ。だからうちの親が指定する学校なら、ノアの教育費を全部出してくれるって。おまえもあんな男と一緒になる気なら、ノアを手放すべきだ。あんな男の元にいたら、ノアに何されるか分かったもんじゃない」

男は必死に訴えた。男親としての不安は、朱巳にも分からなくはない。

「あんな男ですって？　あの人はノアを可愛がってくれているのよ。あなたよりもよっぽどね」

「あんな前科持ちの男にノアを会わせたのか⁉」

ノアの父親は驚愕の声をあげた。

「え、前科持ち？」

朱巳達は前提を覆《くつがえ》す事実に一驚した。

「そうだよ。こいつはそれを知ってて、付き合ってるんだ。そんな男と付き合っておいて、娘には頑なに会わせないし骨折をしたっていうし、疑わない方がおかしいだろ」

朱巳達は顔を見合わせた。

それで殴って連れ去っていいはずはないが、疑う気持ちと彼の行動は理解できた。

「彼だって騙されて脱法ドラッグに手を出しただけよ。今は更生してるわ」

「麻薬やら婦女暴行なんて、再犯率の高い犯罪の代表だろ！」

「婦女暴行？　なにそれ。そんなことしてないわよ」

ノアの母親は憮然《ぶぜん》と否定した。

「何言ってるんだ？　未成年でただの脱法ドラッグに手を出しただけなら前科なんてつくかよ。しかもやってたのは売人の方だ。しかも学生中心、小学生まで被害が出てたんだ」

未成年の頃のやんちゃですまない内容に、どうしても引き離したかったのも無理はないと考えが変わった。

「娘がいる父親として、確かにそれは……」

文仁が呟いた。

もし下っ端の下っ端だとしても、こんなものに関係していた男となると不安で夜も眠れなくなるだろう。

「なあ、あんたら、ノアのために来たってんなら、確認するよう説得してくれよ」

考え込んだ朱巳達に気づき、ノアの父親は訴えた。

「こいつは俺の言うこと、何も聞きやしないんだ。電話しても出ないし、直接会いに行っても警察を呼ぶって脅《おど》すし」

「どうしてあなたが、そんなことを知れたんだい？」

清文は首を傾げた。

「大学の先輩だよ。ノアの様子を知りたくて連絡したら、教えてくれたんだ。よくない男と付き合ってて、別れるように言ったけど聞く耳持たなかったから、ノアの父親として忠告してくれないかって。それで確認したらとんでもない奴で」

「せめて興信所か何か使って証拠を揃えてから説得すればよかったのに」

「証拠があっても耳を貸さないし、金がないんだよ。両親に借りようにも理由を言ったらまた何を言うか分からなくて」

清文は頷きながら、大盃をのぞき込む。

「自縄自縛にもこういうのがあるのか。ふむ」

勉強になったとでも言うような調子だった。

「少なくとも、彼は本気で案じての行動だったようだね」

「殴ってでも止めるって？　まあ、気持ちは分からなくもないけど。事実でなくても、そんな噂される人が父親になったら嫌だし、友達に知られたらイジメに発展するよ」

清音は肩をすくめた。

その一瞬の沈黙を破るように、車のエンジン音が聞こえた。朱巳が車のある方を見ると、クラッシックカーの向こうに、見覚えのある白と黒の模様の車が停車した。

「ああ、そういえば警察に通報したんだっけ」

「時間稼ぎに話をしていたのを忘れてどうするんだい」

肝心なことを忘れていた姪《めい》に、清文は呆《あき》れた目を向ける。

「だけどさすがに女性の拉致《らち》となると動きが速いな。サイレンを鳴らさずにきてくれって要望もちゃんと通ってるし」

清文は楽しげに言う。

「け、警察……」

ノアの父親は、ばつが悪そうに周囲を見回した。

「当たり前でしょう。理由があろうと、拉致っといて呼ばれてないと思ってた方がびっくりなんだけど」

中学生に正論を説かれ、彼は肩を落とした。

虚勢を張っているが、気の弱い人なのだ。

「ま、警察署で少し反省して――」

「ママっ！」

突然、聞こえてはいけない幼女の声が聞こえ、はっと振り向いた。

尻尾の短いトビミケを抱えた、ノアの姿を見て驚愕した。

「ママっ！」

「なんで保育園児を連れてきたんですかっ！」

文仁が駆けつけた警察官に向かって怒鳴りつけた。その警察官は、商店街で会った若い警察官だった。

「だって、可哀想じゃない」

答えたのは警察官ではなく、ノアを預かってくれているはずの響子だった。

「響子さん、何してるんですか」

「こんな面白——可哀想なこと、早く終わらせないといけないでしょ。子は鎹《かすがい》って言うし、子供が説得すれば大人しく投降するかと思って」

「別に立てこもったり、人質とったりはしてませんよ」

「あらまあ。残念」

「残念じゃないです。芳美さんがいなくなって大人しくなったと思ったら、相変わらずやんちゃなんだから」

文仁は腰に手を当ててため息をついた。

「あれ、パパ？　どうしてパパがいるの？」

「ノアっ」

きょとんとするノアを、彼女の父は駆け寄って抱き上げた。

「パパ、いなくなったんじゃないの？」

「パパはいるよ。ずっと会いたかったけど、会えなくて。ごめんな」

娘を頬ずりする父親を、誰も止めなかった。清音ですら、木刀の切っ先を地面に刺して、足をぶらぶらさせて黙っていた。

「みんな、いなくなったのは、しんだんだって」

「ひどいな。パパはここにいるよ」

ノアは自分の父親の頬に触れ、マスクを外した。少しびっくりして固まっていた彼女は、ショックが通り過ぎたのか、堰《せき》を切ったように泣き出した。

「やっぱり生きてる人を死んだことにするのは、よくないな。親はよかれと思って子供を騙すけど、だいたいもめごとになる。うちの客にもたまにいるんだ」

清文は大盃の水を捨てた。見るべきものがなくなって、後は事実のみを調べればいいと判断したのだ。

「あの、宮司さん、どうしましょうか。まだパトカー集まってるはずなんですけど」

先ほどの警察官が文仁に声をかけた。

「犯人が投降したって伝えてください。殴ってここまで拉致してきたのは本当ですから、事実関係がはっきりするまでは彼のこと、預かってくれませんかね。彼の言っていることが嘘なら悪質ですし」

「分かりました。後で詳しくお聞かせください」

何が悪質かは聞かずに承諾してパトカーに戻る。

清文は憮然とするノアの母親に視線を向けた。見つめていると彼女は視線に気づいて、気まずげに目を合わせた。

「元とは言え家族間のことだから、どうするかはあなた次第だけど――もし彼の言うことが正しかったら、どうする？　ちゃんと別れるかい？」

清文は優しく、言いにくいことをずばりと聞いた。

「――別れるわ。もちろん。私を騙していたんだもの」

一瞬のためらいの後、彼女は頷いた。

「ならよかった。もし別れないなら、私達はお父さんの擁護に回らなきゃいけなくなる。そんな事態はノアちゃんがあまりに可哀想だ。できれば、彼女のことだけは彼女のためだけにちゃんと話し合って欲しい」

ノアの母親は神妙に頷いた。

離婚した夫婦の仲をとやかく言いたくはないが、子供のことだけは二人で考えるべきことだ。ノアの父方の祖父母の件はまだ何も解決していないのだから。

「さて、では行こうか」

清文はそう言うと、朱巳の肩に手を置いた。

「なんですか？」

「朱巳くん、悪いけど、おまわりさんについて行って説明してあげてくれないかな」

「え、僕が？」

「だって、父さんは運転しなきゃだし、私が警察署なんかに行ったら何かしら壊れそうだからある意味テロだし、清音はさすがに若すぎるし、彼女は怪我してるから治療が先だし、何より響子さんとノアちゃんが来たから定員オーバーで、私は歩いて帰ろうと思っているぐらいだ」

朱巳は本当に他にいないのを理解した。どう考えても、それが一番だ。

「わ、分かりました。こういうの初めてだけど、頑張ります」

「ああ、何事も経験さ。ノアちゃんのお父さんの言っていることは、こちらで確認しておくから、まあ無難に話しておいで。前の時みたいに素直に言ってしまうばかりでは怪しまれるから、上手く話しておいで」

「は、はい」

どう無難に話すべきか悩むが、考える時間があるだけ易《やさ》しい問題だ。

朱巳は人生で初めて、パトカーに乗った。

妹のことを思い出したのは、それからすぐのことだった。

◆◇◆◇◆

朱巳が戻ってきたのは、真っ赤な夕日が二割ほど沈むほどの頃だった。

荷物を置いてきていなければ直接帰っていた所だが、財布とスマートフォンがないと帰ることもできないため、文仁に迎えに来てもらった。

「大変だったね」

「お疲れ様ー」

座敷牢の中でくつろぐ清文と清音は、猫を膝に乗せて微笑んだ。

「警察署の中に入ったのは初めてで面白かったです」

「楽しめる余裕があったならいいことだ」

朱巳は簡単な説明をしただけでほとんど何もできることはなかった。犯人も捕まっているし、元夫婦なので小さな事件の扱いなようだ。

なにより、調べたところ、ノアの父親の言うことは、事実だったのが大きかった。

「向こうでノアちゃんのお母さんと会いましたよ。ノアちゃんはおばあさんに預けたって」

「ノアちゃんが不安に思わないといいんだけど。子供は敏感だからね」

「ネコちゃんのお守り喜んでたって言ってましたよ」

「それはよかった。おカメちゃんと離れるの寂しがってたから」

それで売り物をあげてしまったようだ。

「あ、朱巳ちゃん。そういえば、スマホ持ってかなかったでしょ。真澄《ますみ》さんが来たけど、連絡しても反応がないって、ちょっと怒ってたよ」

清音が妹の名を出して揶揄《からか》うように言った。

「やっぱりかぁ。もう帰った？」

「ええ。あたしが弁解してあげといたから、感謝してね！」

一人なら待っていたかもしれないが、友人とやってきたのだから長居はできなくて当然だ。しかし、少し寂しさを覚えた。

「ありがとう。助かるよ。へそを曲げると大変だから」

「ま、朱巳ちゃんは仕事だからね。真澄さんも理解してるよ」

「ああ。帰りにうまいもんでも買っていってやらないとなぁ」

「あ、夕飯はお友達んちに行くらしいからいらないって」

それではご機嫌取りに何をすればいいのか迷ってしまう。

「清音。いい加減なことを吹き込まない。妹さんは怒ってなんていなかったよ」

「いいや、あれは怒ってたね。清楚《せいそ》っぽかったけど、朱巳ちゃんをこんな風にしちゃうセンスよ。猫なんて何匹も被ってるに決まってるじゃない。お兄ちゃんはそんなんだからろくな女と出会いがないのよ」

清音はびしっと清文に指を突きつけた。

妹は誰もが清楚な美少女と第一印象を持つタイプだ。そして中身は清音の言うことが正しい。

「そうですね。怒っていたとしても、自分だけ楽しそうなことをしてずるいって意味で怒ってるんだと思います」

「君の妹さん、ずいぶんとアクティブだね」

「現場に行こうとしませんでした？」

「したね。何もないって知って諦めてくれたけど」

清文は若い女の子と話をするのが楽しかったのか、くすくすと笑った。そして白皙《はくせき》の美男子の前で、厳重に猫を被っていた妹を想像すると笑いがこみ上げた。

「くくっ。どんだけ猫被ってたんだろう。うちの妹、中身は清音ちゃんに似てるんですよ。面白そうなことがあったら、首を突っ込まずにはいられない質なんです」

「清音に似ていても、猫を被る能力があるだけいいじゃないか。可愛かったし。最初は君がああいう子だと思って期待していたんだよ」

先月の出会いをまだ引きずっているようだ。彼は座敷牢の中で脇息に身をゆだねて、足をばたばたさせた。

「もう、若い女の子がいいなんてじじ臭いことを。男の子でいいじゃない。若い女の子を囲ってるとか言われなくて」

「そうだけどね」

清文は唇を尖らせぐちぐち言ったかと思うと、急にすっと立ち上がり、裾を整えて座り直した。

こういうのは何度か見たことがある。誰かがひょいと現れる時だ。

「おう、清文くん！　元気か！」

庭に現れたのは町内会長だった。町内の人達は、建物を回り込んで直接庭にやってくることは珍しくない。

「はい。今日はお疲れ様でした」

「本当にな。まさかあの子のかあちゃんが誘拐されてるとは。さすがおカメちゃんだ」

「ええ。ますます尻尾のない猫又扱いを受けてしまいますね」

のほほんと縁側で夕日を浴びて燃えるように赤くなっている猫達を見た。

「おや、いない。さっきまでそこにいたんですが、夕食が近いから帰ってしまったのかな」

かまってくれる子供もいなくなり、ここにいる理由がなくなったのだ。猫というのは、実につれない生き物である。

「にゃあ！」

しかしまるで心を読んで抗議するかのように、カメが縁側に現れて一声鳴いた。

「おお、おカメちゃん。ちょうどいい。これ、ご褒美だ」

と、猫用ジャーキーを差し出す町内会長。それではまるで、ごちそうの気配を感じて戻ってきたようだった。

「にゃあ」

彼女はジャーキーを受け取ると、いつもならすぐに食べてしまうのに、口にくわえたまま縁側を下りた。

どうしたのかと見守っていると、彼女は少し進み、振り返った。

「……おいおい。まさかまた何かあったんじゃないだろうな。冗談だろ」

そう言いながら、町内会長はカメを追いかけた。慌てて朱巳と清音も縁側に置いたサンダルを履いて追いかける。カメはまるで誘導するように進んでは振り返り、これはますます何事かと三人で戦々恐々とする。

そしてたどり着いたのは、すぐ近く、隣の社の裏だった。

そこにキャベツの段ボールが置いてあり――

「にぃ……にぃ」

中から猫の鳴き声が聞こえた。

「え？　これ、子猫の鳴き声じゃない？」

「おいおい――げぇ、子猫！」

段ボールをのぞき込んだ町内会長が、声をあげた。

「しまった。少し離れているうちにやられた！」

清音は頭をかき乱して地団駄《じだんだ》踏む。

「やられたって？」

「捨て猫！」

「え、こんな私有地の奥まで入り込んで猫を捨てる人がいるの!?」

「この子達がいるんだから、いたんでしょ。ああ、また犯人探しと里親探しをしなきゃ。ああ、面倒臭い！」

清音と町内会長は慣れた調子で子猫の保護を始めた。

朱巳もいつか、これに混ざって憤慨し、なかなか保護されてくれない子猫を追いかける日が来るのかもしれないが、今日はただただ見ていることしかできなかった。

終話　御礼参り

朱巳《あけみ》から見て、清文《きよふみ》は仕事の大半を仕事と割り切っている。それでも感謝されることは多い。それが仕事ではなく慈善で行われたなら、それ以上に感謝されるべきだ。

しかし完全な無償だと人は不思議と感謝を忘れる。ある程度支払いをした方が人はそれと結びつけるのか、感謝を忘れない。

だから〝みかがみ様〟は感謝を形で求めるのかもしれない。

「ノアちゃんは元気だった？」

朱巳が問いかけると、ノアは元気に頷《うなず》いた。

「うん！　パパがね、ネコちゃんくれたの」

と、ポシェットについたぬいぐるみを見せてくれた。

彼女の母親は複雑そうな顔をしていたが、そんな顔をする程度の折り合いを見つけたようだ。

あれから身内のごたごたとして処理され、ノアの父親は厳重注意を受けるに留《とど》まったというのは聞いていたが、こうして上機嫌なノアを見るとほっとした。

自分勝手な大人達がどうなろうと知ったことではないが、それに子供が巻き込まれるのは胸が痛む。

「あら、可愛《かわい》い。よかったね」

と、彼女に声をかけたのは犬のタクを連れた麗華《れいか》だ。そして彼女の隣には、彼女が連れてきた青年がいた。

「でも、ふつうのネコちゃんもかわいい！」

生きている猫達に囲まれて、ノアは上機嫌だ。特に子猫が膝に乗ってからは、彼女にめろめろだった。

「ノアちゃん、そのネコちゃんが気に入った？」

清文が問いかけると、彼女は再び頷いた。

「うん！　おカメちゃんとおんなじいろ！　このこがいい！」

その子猫は尻尾こそ長いが、カメに似た雌《めす》のトビミケだった。

「この子ったら、ずっとネコがってうるさかったんですよ」

ノアの母親も、嬉《うれ》しそうに娘の抱くトビミケの喉を撫《な》でた。

「気に入ってくれる子がいてよかったよ。大切にしてくれる人に引き取ってもらいたいからね」

本日の集まりは、子猫の譲渡会のようなものだ。元々ノアの母親には御礼参りに来てもらうはずだった所、里親に心当たりはないか聞いたら、ノアが猫を飼いたいと言い出していると、引き取ってくれることになった。麗華はわざわざ知り合いに聞いて回ってくれたらしい。それが彼だ。

「巧也《たくや》さんも、その子が気に入ったの？」

「ああ。前に飼っていた猫とよく似ている。母さんも引き取り手のない捨て猫なら仕方ないって受け入れてくれるよ」

「ペットショップの前を通るたびに猫を見ていたものね」

彼は麗華の犬飼い仲間の男性だ。最近、飼っていた猫が亡くなり、母親が寂しがっているが、また飼う気にはなっていないらしい。引き取り手のない猫だと言えば、いい切っ掛けになる。飼ってしまえば、どうして悩んでいたのか忘れるぐらい夢中になるのはよくある話だ。

「タクを見ても平気だし、子猫の頃から慣らしたら仲良くしてくれるわよ」

「ああ。怖がるどころかまとわりついてるね。これなら安心だ」

彼らが選んだ子猫は標準的な雄のとら猫だ。

子猫を撫でる二人は、ただならぬ仲に見えた。まだそうでなくても、近いうちにそうなりそうな雰囲気がある。

（清文さんには悪いけど、麗華さんが立ち直ってくれてよかった）

数少ない神社に出入りする若くて綺麗《きれい》な女性なものだから、下心があったらしく、男連れだった時は珍しく客の前で顔を引きつらせていたが、最初から猫を被《かぶ》りすぎていたので親しくなるのは難しかっただろう。

その清文は、来客用の笑みを浮かべていた。たまに朱巳にしか聞こえない程度の音で舌打ちしているが、それは気づかなかったことにした。

「気に入ってもらえて何よりだ。育ってしまうと余計に引き取り手が見つからなくてね。監視カメラのない場所に捨てられると犯人を見つけられなくてどうしようもないんだ。かといってカメラを増やしても私の行動範囲が狭まってしまうからね」

「大変ですね。しかしこれだけ有名だと狙われそうですよね」

麗華の代わりに青年が答えた。背が高くて、清潔感があって、雑種の捨て猫を引き取りたいと言ってくれる好青年だ。

「ええ。ですからとても助かります。その子を可愛がってくださいね」

「はい。もちろん幸せにします」

青年は爽《さわ》やかに笑い、ちらりと麗華を見た。

清文の来客向けの笑みに、若干苛立《じゃっかんいらだ》ちが交じったのは責められない。

（誰を幸せにするってんだオラっ、て顔だな）

心の中で青年に悪態をつく清文を想像した。それを膝の上の猫を撫でることで発散させている。朱巳の中で、清文という男はそういうキャラクターに固まっていた。

「清文さんは、本当にお優しいですね」

そんな清文の闇を心の中で作っていた朱巳とは反対に、麗華が清文に尊敬の眼差《まなざ》しを向けて言った。

「そうですか？」

「だって、いつも人のために力を割《さ》いてくださっているんですもの。ノアちゃんのお母さんと少しお話ししましたけど、本当にご立派です」

ノアの母親が大げさに話したのだろう。助けに来るはずがない場面で、助けが来たら、人は簡単に落ちるのだ。

「大したことではないよ。私は滅多なことではここから出られないから、退屈なんだ。だけど退屈凌《しの》ぎにしても、人助けの方が気分がいい。それだけのことだよ」

手足を動かすのは大抵、朱巳の仕事だから気楽に人助けをする。朱巳はそれがけっこう楽しくなってきたから、苦ではない。

人に感謝されるのは、気分がいい。

「触れては枯らしてしまう私にとって、幸せそうにしている人を見られるのはとても楽しいことなんだよ」

植物と電子機器の持ち込み禁止という変わった体質も、猫を被った彼が語るととても切なく見えた。

(さっきまで人が次々と不幸になっていくまったく救いのない映画を、すごく楽しそうに見ていた人には見えないな)

それを感じさせないための演出――彼の趣味の結晶だ。

「さて、そろそろお客さんが来そうだから、お開きにしようか」

清文はこれ以上カップルを見ていたくないとばかりに宣言した。

「これから予約があるんですか?」

「いや、なんとなく」

清文は目を伏せ、朱巳はなんとなく立ち上がった。

「清文くーん、飛び込みのお客さんいいかな」

朱巳が膝を伸ばしたぐらいで、文仁《ふみひと》の声がした。玄関の声は不思議とこの部屋に響く。朱巳は蔵戸を開いて「散らかってますけどどうぞ」と返事をした。

「おにいちゃんすごーい。どうしてわかったの?」

「他の人には内緒だよ。種明かしをすると、駐車場の音や、砂利《じゃり》を踏む音が聞こえるんだよ」

「おみみいいのね!」

「ああ、お客さんがいないと退屈だからね。音には敏感なんだよ」

朝からだらけている日などは本当に客が来ないのだが、ノアがそれを知る日がくるとしたら、大きくなって何かが間違ってここでバイトするはめになった時だろう。それとも、そんな間違いがあっても、女の子相手にはボロを出さないかもしれない。

近づいてくる足音を聞いて、ノアの母親は「帰りましょう」とノアを促した。

「おにいちゃん、またきてもいい？」

「もちろん、また来てくれたら嬉しいな。猫達もノアちゃんがお気に入りだからね」

「ほんとう？　ネコちゃん、ノアちゃんのことすき？」

「もちろん。猫好き仲間として歓迎するよ。その時は、その子につけた名前を教えてくれるといいな」

「うん！」

清文は聖職らしい慈愛に満ちた笑みを浮かべ、手を振って皆を見送った。

そしてその姿が見えなくなると、頬の力を抜いてぽつりと呟《つぶや》いた。

「ああ、せめて一回り上なら……いや、二回りか」

優しげに微笑《ほほえ》む下で何を考えているかと思えば、ろくでもないことだった。

「いや、狙うならせめてお母さんの方にしてくださいよ」

「それは考えてもいなかった。なるほど。男を見る目がなさそうだから、案外どうにかなるかも？」

「いや、考えないでくださいよ。もう、清文さんはお客さんがいないとすぐこれだ」

真剣に一考する清文に、朱巳はただただ呆《あき》れた。これだけの美青年に、女性が絡《から》む
ともてない男のような反応をされると、呆れるしかない。

「いや、芳美《よしみ》さんの前でも口にはしていなかったと思うよ。さすがに女の人だから」

男同士だからと気を抜かれたと知り、朱巳はまたため息をついた。

「別にいいですけど。僕は新しいお茶の準備してきます」

「ああ。よろしく頼むよ」

清文は姿勢を正して微笑んだ。まさにちょうど、来客がやってきた所だった。

無私の聖者のように見えようと、裏側などこんなものである。

メゾン文庫

猫神社《ねこじんじゃ》のみかがみ様《さま》
あなたの失《う》せもの、座敷牢《ざしきろう》から探《さが》します

2018年11月20日　初刷発行

著　　者　かいとーこ
発 行 者　野内雅宏
発 行 所　株式会社一迅社
〒160-0022 東京都新宿区新宿2-5-10 成信ビル8F
電話　[編集] 03-5312-7432
[販売] 03-5312-6150
発売元：株式会社講談社（講談社・一迅社）
印刷・製本　大日本印刷株式会社
D　T　P　株式会社三協美術
装　　丁　清水香苗（CoCo.Design）

ISBN978-4-7580-9121-3　C0193

本書は書き下ろしです。